U0494809

MARY BEARD　　IT'S A DON'S LIFE

一个剑桥教授的生活 {1}

[英] 玛丽·比尔德 著　周芸 译

写给托尼·弗朗西斯、XJY、迈克尔·布利、安东尼·阿尔科克、理查德、保罗·波茨、SW.福斯卡、PL、杰姬、真理之王（罗纳德·罗杰斯）、简、奥利弗·尼科尔森、露西、艾琳、FG、阿瑞丹姆·班迪奥帕迪亚、利德维纳、莫妮卡、尼古拉斯·威贝利、理查德·巴伦、大卫·柯万、宾利、西蒙娜、邻居史蒂夫，写给博客中出现的所有朋友。

致 谢

此书得以出版需要感谢彼得·斯托萨德（Peter Stothard），他是首个提议我写博客的人，还需要感谢《泰晤士报文学增刊》[尤其要感谢迈克尔·凯恩斯（Michael Caines）、露西·达拉斯（Lucy Dallas）、丹·伦纳德（Dan Leonard）、托比·利希蒂希（Toby Lichtig）、迈克尔·莫兰（Michael Moran）、汤姆·惠特韦尔（Tom Whitwell）、罗斯·怀尔德（Rose Wild）]。

我的家人——罗宾·科马克（Robin Cormack，"丈夫"）、佐伊（Zoe）、拉斐尔（Raphael）——给我提供了很多宝贵的博客意见，友好地容忍我把电脑放在餐桌上。剑桥大学的同事也很支持我成为博客作者，欣然承受不时冒出的争议。尤其要感谢格雷·海曼（Grey Hayman），因为他，我才能免受一两次争端之苦。

能将博客汇编成书，少不了出色的剑桥人黛比·惠特克（Debbie Whittaker）帮忙（她比我观察敏锐，也为这项工作付出了很多心血）。我同 Profile Books 出版社工作人员的合作一直也很愉快：克莱尔·博蒙特（Claire Beaumont）、彼得·卡尔森（Peter Carson）（汇编成书正是卡尔森的主意——但是别怪他）、彭尼·丹尼尔（Penny Daniel）、安德鲁·弗兰克林（Andrew Franklin）、露丝·基利克（Ruth Killick）、瓦伦蒂娜·赞卡（Valentina Zanca）。感谢所有人。

前言

一位大学教师的生涯意义非凡——也趣味盎然。除此之外，我想不出什么更胜一筹的谋生手段了。大学教师的工作也很辛劳，也会遇到不尽如人意之事，更是经常被大家误会。记者在缺少新闻素材时，总会抨击我们应得的三个月暑假，或者是拿牛津、剑桥大学开刀，煽动群众对大学录取流程"不公"的愠怒。我们这些老师真的只会录取那些懂得分辨波特酒与雪莉酒的学生吗？还是说我们只会录取学过如何应对那些根本难以理解——老实说，疯狂——的面试问题的学生？

自 2006 年 4 月起，我的博客——"一个剑桥教授的生活"（*A Don's Life*）——开始分享真实的大学工作日常，也尽力解开一些讹传。与谣言相反，我们的暑假不是"假期"。你在高尔夫球场或是沙滩上根本看不见我们的踪影（除非我们在海岸甲壳虫车上工作）。我们要求考生想象自己变成白炽灯或者草莓，并非是在凭空编造面试考题，我们旨在区分出那些心存侥幸的考生（内部解释见《牛津剑桥面试：真老师货真价实的建议》）。

当然，剑桥大学不是一所"典型"的大学。可能也没有典型的大学一说。我在三所大学任教，有英国的，也有美国的，每所大学各具特色，大不相同。但是尽管如此，我仍确信《一个剑桥教授的生活》书中的很多主题会在世界上任何一个国家或地区的大学中出现（见《学术权力与男权涌动》）。

我是位古典学者，大家总是倾向于认为古典学者属于小群体，但其实这类人远没有大家想象的那样稀少。书中的博客在努力呈现学习希腊罗马文化那愉悦的点点滴滴及其意义所在：从古罗马笑话（见《是什么让罗马人发笑？》）到罗纳河里发现一尊磨损的塑像，它或许是（或者，很可能不是）尤利乌斯·恺撒的肖像（见《恺撒的脸？得了吧！》）。

书中收录的文章，除了在必要之处附加上解释，纠正博客的拼写错误，并在需要之处（经常阅读博客"一个剑桥教授的生活"的读者知道后定能宽慰）加上省略号外，与博客上的原文出入不大。读者可以依照任意顺序阅读这些文章。但是，从我最初试探性地撰写博客《粉或是紫》，到最后熬成半职业性的博客作者，此书的内容之间还是存在着贯通前后的叙事线索的。

总的来说，我认为博客让我的生活看起来比现实中更激动人心，也更为充实。我很努力地捕捉着日常生活的点滴滋味（见《一个大学教授的生活缩影》）。但是一晚批改十五份关于伯罗奔尼撒战争后续情况的论文（尽管主题很吸引人），一早在图书馆没找到自己遗失的西塞罗（或是李维）重要文献，这二者通常都没有太多"写成博客"的价值。

分享教育学生与思考学生进展的日常也不太容易。毕竟没有本科生愿意看到自己最近未通过的论文或是试卷被放到网上，引起全世界围观。也没有博士生乐意看到自己论文的最新章节被公开解析。这点在阅读时请千万牢记，也请翻阅本书末尾的文章，深入了解笔者对"博客世界"的反思。

在书中也会发现笔者与许多评论者日益密切的关系。别的博客大多数评论都是辱骂的话语。但"一个剑桥教授的生活"的博客评论却并非如此，这里的评论总是妙语连珠，能看出评论者对所探讨主题具备的学识和经验，无论是关于圣卡斯伯特的遗骸，大卫·贝克汉姆的新文身，抑或是罗纳河塑像的真实身份。书中收录了一些笔者很喜欢的评论，而且与博客上保持一致（有时会有所删减，但是其他方面没做任何改动）。

非常感谢读者允许自己的评论被收入此书中。这本由博客汇编而成的书要献给这些年来经常给予博客评论之人。

目 录

第1编 2006年 / 1

粉或是紫？ / 2

雕塑花园的性 / 4

大学的老大哥 / 6

卫生用品非洲行 / 8

男女混合制？ / 10

拉丁语真的很难？ / 14

拉丁语"锻炼大脑"？ / 16

提出蠢问题 / 18

学者职责？ / 20

他们指着废墟，却说那是和平 / 23

刀叉使用测试？ / 25

性爱与学术无关 / 28

后宫 / 31

身在庞贝，声闻国内 / 33

罗马大火，燃起雅致 / 34

安得中肯书评？ / 36

新生的一周 / 38

面纱、头巾、"血河" / 40

脾脏在哪？ / 43

被俘获的听众 / 45

罗马人在托加长袍内穿什么？ / 47

十字圣号 / 52

乔治·布什之悲剧 / 54

在金字塔撒尿 / 57

沙滩上的性爱 / 59

第2编　2007年 / 63

考试越来越难——震惊 / 64

希腊罗马的种族主义 / 66

无献祭的异教信仰 / 69

厕所在哪？ / 72

自主火葬 / 75

大卫·贝克汉姆的新文身
——一个古典学家写道 / 78

莫因布什建藩篱怪罪于哈德良 / 80

学术权力与男权涌动 / 83

墨西哥式庞贝 / 88

大卫·卡梅伦自恋吗？
（……约翰·普雷斯科特言之凿凿？） / 90

"狄托的仁慈"：莫扎特、圆形剧场、南斯拉夫？ / 92

索引链接？ / 95

在美国如何点咖啡？ / 100

达勒姆座堂的老大哥有何贵干？ / 104

高级水平课程考试（仍）在走下坡路？ / 108

世界语与威尔士语：语言战争 / 114
奥林匹亚（几乎）烧毁……但巴黎幸存 / 116
10件你自认为知道的罗马史实……实则错误 / 119
希腊之宝与世界之宝 / 121
青楼之上 / 124
多少学者一起才能买台咖啡机？ / 126
肯尼迪《基础拉丁语语法》之性秘密 / 130
东方主义……或者，名称中的意涵是什么？ / 134
给新生的小贴士——来自一名老教授 / 136
我的书在亚马逊销售情况如何？ / 139
一位大学教授的生活缩影 / 140
我最爱的5部罗马著作……遗失的经典 / 143
为什么雅典人不给女性投票权？ / 147
想要格言？请用拉丁语 / 149

第3编 2008年 / 153

劳工古典学家——及新年计划 / 154
亵渎不列颠尼亚女神 / 156
是什么让罗马人发笑？ / 160
圣瓦伦丁确有其人？ / 163
在关塔那摩的一天 / 167
哈里王子：罗马人的解决之道 / 169
逝者之书 / 173
物理学家需要法语吗？ / 175
让我们废除法西斯奥运火炬 / 178

女权主义：男孩应该弹竖琴吗？ / 180
让"Lesbian"只表示莱斯沃斯人 / 183
恺撒的脸？得了吧！ / 187
考试公平吗？ / 193
艾米·怀恩豪斯试题 / 197
遗迹为何令人失望？ / 202
研究为何有趣？ / 206
听过罗马人和理发师的笑话吗？ / 208
优秀的旧式二等一胜过高等教育成绩记录 / 209
禁止拉丁语甚是荒谬 / 212
牛津剑桥面试：真老师货真价实的建议 / 214
大学教授的邮箱里有什么？ / 220
疯狂的科研评估 / 223
水下的罗马 / 228
《一个剑桥教授的生活》——书本 / 230

后　　记 / 235
出版后记 / 243

第 1 编

2006 年

粉或是紫?

2006 年 4 月 25 日

本周大学生们已经返校，迎接他们的是一张大海报，上面贴出了如何"找寻座位"的信息。这不是后勤部提供的帮助，而是来自考试办公室。对那些显然不知道考场在哪，或者只知道考场而不知道座位的学生来说，该提示十分及时。

英国剑桥大学的复活节学期全是考试。学生们为实现学术抱负，需要经过紧张的复习。他们既需要打气，也需要一种被称为牵手的活动（现已被禁止）。我们举办派对让年轻人舒缓情绪，但是我们的监管又令他们重新焦虑。此外，学生们问及或被给予的建议数量之多，即使最用功的人也难以尽数吸收。

过去我们还可以逃避些许，把自己锁进屋子，在门外挂上"本人外出"的牌子。但是现在，无论白天还是夜晚，你随时都会收到邮件，而且随着这学期越接近尾声，邮件内容就越傻。去年有人给我发了封邮件："亲爱的比尔德教授，希望您别介意我的问题。我想知道用粉色还是紫色的笔写更好……"（我的答复：试试黑色／你觉得呢？／我认为你知道……）

清算日到来时，我们是如此希望我们的作战能够成功，甚至开始提供免费的计程车服务。五月的下半月，每个早晨在剑桥,你都可以看到一幕反复上演的感人场景:导师以最高速开车冲进考场,送着某位健壮青年,后者囊中装有诱人的麦肯锡聘书——而这仅是因为学生的闹钟没响、宿醉或是忘记座位。(我想说可能除了牛津,英国的每所大学都把准时入座,作为考试的一部分。)

这样做值得吗?对于我们某些人来说,只要有机会就会拒绝这么做。因为"持续评估"似乎看起来更人性,也对女性更公平(整体来说,在当前体系下,女性表现得不如男性)。此外,"持续评估"肯定不会花费太多时间和精力——只是弊端在于,现在大约70%的孩子期末肯定会得到二等一的成绩,该比例似乎过大了。

无论是好是坏,无论是因为分数高涨还是因为学生太努力,"绅士三等成绩"的日子已经过去,现在获三等成绩会被视为悲剧。不知道真假,但我曾经听说有人建议我们应该给所有学生二等一的成绩,而考试只为那些想要争夺一等的人设置。这样肯定省时省力。

但是我还是不禁认为旧系统仍有存在的必要。首先,没有剽窃。不像他们私下完成的"评估性论文",你不需要把怀疑抄袭的好句输进谷歌,找出它们可能的出处。

匿名也是个很好的保护措施。我们根本不知道我们打分的文章出自谁手(还有,因为他们现在用 Word 软件完成所有作业,我们甚至不认识他们的字迹,这和过去大不相同)。不过,他们对谁给他们打分,也是毫无头绪——所以他们肯定没有充分线索来采取美国式的手段:让父母或是律师冲进你的办公室,或者更可怕,举起枪,命令你给个高分。

此外，作为在国内拿过普通中等教育证书（GCSE），并通过高级水平课程考试（A Levels）的人，我不认为我是唯一一个觉得"持续评估"可能比旧式"暴毙"更痛苦的。因为，在前者情况下，你需要整整焦虑一年。

那么，开始吧……只有八周就全部结束了。

雕塑花园的性

2006 年 5 月 25 日

证据是无可否认的。当时，我们正在凝视着世界上最著名的罗马人物肖像雕塑，站在艺术史的高度讨论着它的出处、大理石的材质以及雕刻的工具。这时，有人勇敢地指出在塑像的脸颊和下巴，有两处淡而明显的红唇印。

我们讨论的是哈德良皇帝（Hadrian）的娈童安提诺乌斯（Antinuous）的巨大头部雕塑。它也被称为"蒙特拉戈尼头像"。

安提诺乌斯于130年溺毙于尼罗河中,死因不明,极富罗伯特·马克斯韦尔式色彩。皇帝丧亲失魄,于是在罗马全境竖起为数极多的爱人雕像,追奉其为神,并以其命名一座城池。幸存的安提诺乌斯塑像比所有古人的都多(许多都来自哈德良位于蒂沃利的城堡),他们全都具有相似的性感美以及微撅丰腴的唇瓣。

因为拿破仑的缘故,自1808年后,安提诺乌斯的塑像通常存放在卢浮宫。而我们在利兹。亨利·摩尔学院今天开放,安提诺乌斯是其中一场精美展出的焦点。这里有14尊安提诺乌斯的塑像,是"美男子"们的小展出,这些"美男子"们从德累斯顿、雅典、罗马、剑桥等地而来。展览的主题之一十分应景——探讨雕塑或身体吸引人的原因。什么是对一件艺术品的"渴望"?

塑像的性感之美,在文学史上源远流长。早至2世纪,希腊讽刺作家琉善(Lucian)就曾讲述过,在尼多斯,一位深恋塑像的青年,在深夜里与普拉克西特利斯(Praxiteles)雕塑的阿芙洛狄忒(Aphrodite)锁在一起。青年变得疯狂,但塑像大腿上擦拭不掉的印记足以表明发生了什么。奥斯卡·王尔德(Oscar Wilde)的那首迷人的打油诗《喀尔弥德斯》(Charmides)也采用了这一主题,诗中的英雄偷偷来到帕特农神庙,匍匐至雅典娜的塑像前。

直至今日,我都无法想象这是事实,我认为这不过是个文学奇想。但如今证据就摆在我的眼前。

"安提诺乌斯"受到的侵犯肯定不是发生在利兹。这里的馆长在发现这个颇有故事的印记后,也和大家一样困窘。但是从巴黎到在亨利·摩尔学院解开包装之间,哈德良之后的某个人——或男或女——吻上了两处红唇。玩笑也好,讽刺也好,激情也好，我们或许永远无法知道。

红唇印于帝王转移情感的倾注之物，而非别种艺术品上。大概，哈德良皇帝自己也有这样的想法吧。

大学的老大哥

2006 年 6 月 6 日

住在学生城的学生区，会让你可悲地觉得自己已至中年。这并不是因为学生们华丽的——或性感暴露的——服饰让你无法释怀。事实上，我反而喜欢看每年夏天国王街上露出的肚脐。这也不是因为他们的流行词。因为我自己也开始跟他们一样用"大"（uni）来指代"大学"了（university）。

对我们这些上了年纪的自由主义者来说，令我们更为失望的是意识层面的。那些我们过去抗争以及失去的一切，学生们已然视为应当。他们无法想象国有化铁路或是免费的视力测试对生活意味着什么，他们也无法想象二次送邮日的何在。

更让人担忧的是，他们许多人都受监控文化影响。给他们一个昏暗的自行车棚，遍地落叶的小径，或是风景如画的河湾，剑桥的大学生大多只会安装一台闭路电视进行监控。

他们说这样有安全感。我想，不能完全怪他们不能对抗潮流。自从闭路电视监控系统拍下两名孩子带走一位幼儿后，那令人毛骨悚然的画面帮助警察找到了谋杀詹姆士·巴杰尔（Jamie Bulger）的凶手。从此，在英国人心中，监控作为一种刑侦或防卫设备的地位不可撼动。

至于闭路电视监控系统究竟是否真正有效，这就又是另一回事了。几个月前，我们系被人破门而入，丢失了笔记本电脑和数据投影仪。有个摄像头正好对准前门，但警察并不想知道摄像头可能记录到了什么。"拍到的画面肯定不清楚，亲爱的。"

英国是世界上人均摄像头拥有数量最多的国家，我猜大多数英国人都对此感到无比自傲——尽管瞟一眼国外的报纸，就会发现外界认为，对于一个自由民主国家而言，英国这种对摄像头的热情十分古怪。

正是基于公民自由的原因，我总是无法理解，为什么学生会接受闭路电视监控。我不介意他们说"听着，我们虽然知道自由至上主义者为何争论，但是总体而言，我们认为这事值得冒险"。可事实是，在我们这些胡子灰白、上了年纪的人忠言逆耳地警告他们监控如何危险时，这些高智商青年（他们半数都是国际特赦组织的成员）只是感到茫然。要不然，他们就会嘟囔那句愚蠢的格言：如果你没做错，就没什么可怕的。为什么会这样？

我刚要责怪"嫌疑犯"教育时——他们肯定在学校接受过类似教育——这些嫌疑就因一次偶然的事件得到了证实。某次大考前夕，我儿子回到家中，遗失了书包，而包里装着他全部的笔记。他看起来十分冷静（我就不是）。但他第二天回到家时，书包就已经找到了。

其间，他攥着自己的上课时间表，去了学校的闭路电视监控室，找那里的管理员并查看了自己一天的行程。监控显示，去上法语课时，他还背着书包，可出来时背上却空了。于是很快，他在法语教室就找到了书包。

我认为，这肯定是一个英国校园中反复上演的怪异经历，马虎的少年多亏监控摄像头相助，方能找回遗失的物品。如果监控这位老大哥次次都能帮你找回失物，也难怪对你而言，他比我更讨喜。

卫生用品非洲行

2006 年 6 月 13 日

我喜欢看《女性时空》（*Woman's Hour*，英国广播公司四台的节目），喜欢该节目将极具颠覆性的女权主义报道，紧挨在金枪鱼披萨烘焙这种无聊的健康食谱介绍之后。我尤其中意现在的《女性时空》，因为目前的节目制作人中有维多利亚·布里格内尔（Victoria Brignell）。维多利亚几年前在剑桥大学修过古典学，聪慧活泼，之后就职于英国广播公司（BBC）。另外，她还四肢瘫痪。

但是这个星期一，他们却一反常态，未能在呼吁给肯尼亚捐赠卫生巾的运动中，嗅出个中猫腻。

活动确实煽情催泪。在采访中，年轻的女孩因卫生巾短缺不能听课甚至彻底辍学。她们解释道，上学时不想让衣服上有血渍。因此，在非政府组织和肯尼亚女议员的支持下就出现了这样一场运动，呼吁校园免费发放卫生用品（商界的口号），并呼吁全世界女性捐赠富余的经期用品。

起初，该运动十分引人关注。不久后，我们就清楚地意识到，在这场运动中仍有很多问题尚未得到解答。比如，在西方的卫生巾捐赠还未对她们的经期措施产生影响时，肯尼亚女性如何处理经期卫生？有些阴暗的说法称她们使用粪便等不卫生的方式。我不禁天马行空，想到经期专权，这是一个不错的景象：经期女性全部聚集到月经小屋，一同学习，度过一段美好时光——直到某位好心的人类学者到来，告诉她们，不应该相信这些造成污染的经期处理方式。谁说得清呢？

这件事不难得出个结论：当地或许曾经采取过某种切实有效的经期措施。不过现在，这些姑娘却坐在那里，担心自己的裙子上会有血渍，等待他人捐赠永远满足不了当地需求的卫生巾产品。

再进一步挖掘，到底是谁为肯尼亚生产了这种月经用品？这场活动是想在当地建立地方所有的卫生巾厂？还是旨在推广卫生、循环、实惠的经期处理方式？非也，在那些大型跨国公司已经在第一世界的月经期女性身上大赚特赚的情况下，这场活动似乎却在呼吁，我们应该把这些公司的产品空运到肯尼亚。

快速地浏览下网页，就可以发现，商业世界早已瞄准非洲大陆，将它作为销售高价经期产品的新兴市场。商界意识到，"扩大消费群体"肯定有困难，而且"低收入人群对经期用品购买欲望不强"（成功的市场调研，毫无疑问）。但是，如果能让我们购买后再捐赠，那么公司便无论如何都能从中获利了。

津巴布韦的案例给我们上了沉重的一课，那里也存在经期用品短缺。为什么？当然是因为1999年经济萧条，强生公司撤出了津巴布韦，于是当地人不得不从南非进口经期用品。

我认为我们已经有"配方奶粉非洲行"这个前车之鉴了。即使活动规模再小，（这次捐赠卫生用品的活动）也不过是老调重弹罢了。

评论

　　玛丽，你的"月经小屋"梦放在100年前，可能还不赖，不过，我们现在谈论的是，现代女性上中学接受正规教育的事。你认为肯尼亚女孩的愿望是人类学家强加上去的，这种想法很侮辱人。我们的姑娘不是围坐在村里，磨着玉米面，等着男性猎狮归家的人。这些女孩必须和其他人一样，挤上公共小巴去学堂，穿上校服，走在城市的街道上，就像你看到的剑桥女孩一样……哦，我不会说自己是位彻底的女权主义者。我是非洲男性。

——博曼贡贝

男女混合制？

2006年6月16日

　　尘埃落定，英国牛津大学圣希尔达学院十天前宣布招收男生。自此，牛津大学的最后一个"全女子"学院（大部分报道都这样煞有介事地表述），终于放宽限制，对男性敞开大门。

　　听到这则消息，我并没有一丝激动。毕竟，这可能会在我亲爱的纽纳姆学院——剑桥大学女子学院，引发多米诺效应。除此之外，有评论说准许男性进入圣希尔达学院能提高女性接受教育的机会，这在逻辑上实在说不通。

　　更为头疼的是辩论双方持有的观点。"赞同混合派"大松一口气，表示历史遗留问题终于解决了。而单性别学院支持者，老实说，同样半斤八两。他们争论说，单性别学院是女性的港湾，那里没有男性世界粗俗掠夺的硝烟。

双方的观点都让人不敢苟同。女子学院不是避难的港湾，保护着无法与男性共事之人。至于那些指控其为历史遗留问题的人，我想说女子学院或许比许多其他性质的学院，更能在21世纪给予女性机会。

这里不适合公关解释，为什么纽纳姆学院能给出色的女性提供绝好的机遇。但我确实可以说，学院为其学生群体提供的服务是足够好的。因为女子学院是更广阔的大学社区中的组成肌理，而非其中的避难所。

许多指导中六预科生的优秀教师都懂这个道理。我到高中与同学生们亲近交谈时，面对的都是一些口才不错、锋芒毕露的剑桥大学申请者，现在很少会发现角落里有位孩子单独待着——着装干净适宜，为人乖巧安静。"这位同学叫戴尔德丽，"她的老师向我介绍，"她打算申请剑桥大学纽纳姆学院。"

老实说，戴尔德丽或许是个极其聪慧的孩子，只是资质并未充分挖掘展露（这尤其要在她远离那群足够自信、却稍显逊色的同学之后才能显现）。我想你们懂我的意思了。

那么为什么支持办女子学院呢？撇开学习的部分，还有一些完全属于学院性质的原因。认为女子学院是维多利亚时期遗留的问题，而大学的其他学院都"性别正常"，这样的说法显然有问题。

剑桥大学长达800年的历史中，绝大多数时间都是个"男子"学校。女性在二战后才能在剑桥接受教育（她们很早就参加了考试，却得不到录取）。现在有个大运动，真诚地想改变这种局势，但这也要与数百年的历史进程抗衡。环顾悬挂在大学餐厅的肖像画，除了16世纪有几位德高望重的女捐赠者外，其他出现在画像上的全是男性。

原始数据本身就暗示着目前的问题。最新的《"平等与多样"进程报告》显示，剑桥大学只有46位女教授，却有404位男教授。公平而论，前一年新增了9位女教授——但是下一级别的女性教授（Readers），数量却减少了2位。再完全就我个人而言，我在剑桥从业20余年，系里大约有30位男老师，而很多年里却只有我一位女讲师。

剑桥肯定在处理这个问题。但剑桥施行的某些措施，让我难免失落。其中一项是：每个大学委员会必须拥有至少两名女性，这虽是良好的转变，但也预示着我要做一辈子的行政工作，而我的（一些）男同事则刚好解脱，有时间去图书馆思考进修。女教师真正需要的是大学里有个地方，让女性不再只是单薄的个体，而是象征中坚力量的群体——当然，这便是指属于女性的学院。

事情一改变，剑桥大学的许多女教师都对自己的事业感到迷茫。我认为剑桥大学是个理想的工作环境（要不然我也不会留下来）。但是，和大家一样，我对男性主导的校园还是伤疤未褪。

我最爱的（也略微自虐的）伤疤就是下述经历——许多女性对此也定有感同身受的遭遇。

在怀第一个孩子的时候，我是剑桥大学古典学社——"剑桥哲学学会"的"会议秘书"。一个学期，我要参加三次极具维多利亚风格的会议，并在会上朗读上次会议的会议记录（"X教授读了一篇《古体诗的希腊字母F》"云云）。我可笑的英雄主义还有可憎的自我吹捧，怂恿我在孩子出生后不到一周就继续干活了。我不会给这些男性机会说生孩子会影响我的工作。

之后的一两个学期，我一直都在干这项工作。但是，某天上完下午的课（会议于 4:30 开始），我迫切且不安地需要回家给孩子喂奶。所以我打算读完上次的会议记录，在讲座开始后就溜走。

10 年后，我早已经辞去"会议秘书"一职，而他们还在找人填补这一职位空缺。

"这真是负担，"我对一个同事说，"每次会议都必须到场。"

"哈，"他说，"你那时很懒，每次讲座都没开完就溜出去了。"

我一点也没得到理解和尊重。这与我期盼得到的回答恰好相反。

这是我个人毫无意义的英雄主义所致。但是这样的嘲笑，在纽纳姆学院根本就不会发生。

评论

在我本科院校物理系一楼女厕所门口，能清楚地看出，过去的某个时期上面写着"女佣"。真正的标识已经被撤走，但是影子还留在历经风雨的木头上。我突然意识到，这个已经远去却从未消失的标识正是对过去数十年女性在学术领域所取得成就的隐喻……而对应的男厕所，顺便提一下，正对着机械工场，上面的标识写着"真正的人类"。

——土豚

拉丁语真的很难?

2006年6月28日

英国杜伦大学的研究表明,孩子们不愿考拉丁语的 GCSE 考试,他们认为拉丁语太难,甚至比其他所谓的"难"学科要再难上一个等级。也就是说,如果你的拉丁语是 C,换到物理或是德语考试中,或许就能得 B。而老师,据说总是频繁地盯着排名表,想着说服学生们冒险试试拉丁语。

这项研究结果和拉丁语考试的平均情况至少不大一致。超过三分之一的拉丁语 GCSE 考生,都能拿到 A* 的成绩(对比发现,商科不超过 4%,德语大约 6%——或者换种方式,希腊语为 55%)。而获得 A* 和 A 的拉丁语学生则占到 60%。有人可能会想,肯定是考试不难。

实际上,这项研究和考试结果是可以很容易并行不悖的。拉丁语学科完全由学生自由选择,而选择这个科目的通常是那些能力突出的学生。这也难怪他们的成绩名列前茅了。而当这些学生申请我们专业时,我也就看到他们其他科目同样出类拔萃了。所以问题在于,拉丁语是否应该变成能力稍逊的孩子亦可以选择的科目?

包括我们古典学者在内,人们面对这个议题有时会陷入两难。拉丁语和希腊语无疑应该面向所有能人,不论贫富与阶级。现有的古典学领域存在被弱化的现象,这是英国乃至整个世界的不幸。但是面向不同程度的学生,广泛传授拉丁和希腊语,真的是个明智的教学目标吗?

这其实是个"孩子与洗澡水"的问题,分清主次尤其重要。

现在拉丁语和希腊语，是 GCSE 的外语考试中，唯一存在原语文学阅读的科目了。"牛津、剑桥大学及英国皇家艺术学会考试局"（OCR）是唯一一个提供古典语言科目的考试委员会。谢天谢地，OCR 勇敢坚持"指定书目"，所以一些孩子，仍然可以细细品读维吉尔（Virgil）、卡图卢斯（Catullus）、荷马（Homer）的原文。当然，这确实很难，但也很有趣，可以让特别出众的学生融入这门语言，了解这门语言。虽然你可以降低难度，但是这样肯定是会付出代价的。降低难度的 GCSE 考试（采用简版的维吉尔诗篇）根本激发不了阅读的快感。

事实上，有个更重要的因素。我们在 GSCE 阶段学习这些语言科目的目的是什么？在现代语言考试中，重复出现的如何在停车场找到教堂或者是如何在博洛尼亚点披萨之类的选择题，会让聪明的学生思维也变得僵化，但这样的题目确实起到了一定的作用。因为每个人在外国可能都需要点餐、问路。如果 GCSE 考试能帮助我们获得这些技能，那么这种题目当然越多越好，尽管可能会带来思维僵化的大灾难。

那么为什么要学习拉丁语呢？肯定不是为了交流之用。而且至少在 GCSE 阶段，肯定也不仅仅是为了了解古典世界（针对此目的，有个不错的"古典文明"考试）。当然，也不是为了学习形式化语法（学习这个有无数种更经济的方式）。学习拉丁语最重要的一点是可以阅读一些两千年前写就的文学精粹。这些作品读起来很难，让学生阅读塔西佗（Tacitus）就像让英语学习者立刻去读《芬尼根守灵夜》一样。但是阅读是值得的，收获的知识果实值得我们去冒险付出。让拉丁语考试变得简单（增加选择题，减少原语文学阅读），那么你一开始就丢失了学习这门语言的核心目的。

如此，便会导致这门学科的消失。

评论

拉丁语绝对不是门"过时语言"。几十年来，芬兰广播都用拉丁语播报新闻。他们甚至用拉丁语录制埃尔维斯·普雷斯利（Elvis Presley）的歌。

"*Nuntii Latini*"节目——拉丁语新闻播报——用古典的拉丁语，播报每周的世界新闻，是世界上唯一一个拉丁语的新闻国际广播，由芬兰广播公司制作……

所以你看，塔西佗穿越……来到的广播中。调频收听，一起学习吧。

——彼得·阿西

拉丁语"锻炼大脑"？

2006 年 7 月 10 日

《泰晤士报》的通讯记者，对"古典教育"的价值倍感疑虑，所以我现在回到这个话题。学习拉丁语，意义究竟在哪里？

有几个原因经常被人提及，但在我看来，事实似乎并非如此。（抱歉——这是讨论学术话题惯常的开场白；但是我们首先必须要摆脱这些想法。）

学拉丁语，不是因为拉丁语能帮你理解哈利·波特的咒语，或是让你认识英镑硬币上的标识。这可能是部分好处，但是坦白说，不理解哈利·波特的魔法对你的生活并不会产生太大影响。

学拉丁语，不是因为拉丁语能帮你学习其他语言。拉丁语可能会给你带来些许帮助。但是，如果想学(例如)西班牙语的话，最好直接去学，而不是通过先学拉丁语来让西班牙语变简单。(除此之外，我总觉得，任何学科如果把自己的价值定位在帮助你学习其他知识，它都会走向消亡。)

学拉丁语，不是因为拉丁语能帮你训练批判思维和逻辑思维。我承认，我喜欢《泰晤士报》通讯中朗朗上口的句子："拉丁语，大脑的训练师。"(就像我喜欢的另一句，称赞这门语言完全没用一样。)但是，除了拉丁语，仍有许多学科可以锻炼大脑。我们如果每周给孩子安排三节形式逻辑课，不久后，我们或许就能注意到他们批判思维能力的提高。

这些都不对。学习拉丁语，是为了读拉丁语谱写的篇章，是为了让你能直接接触文学传统，而该传统正是西方文化的心脏(不仅仅是根基)。

维吉尔的《埃涅阿斯纪》(*Aeneid*)、塔西佗的《编年史》(*Annals*)(仅列两个作品)，同《哈姆雷特》(*Hamlet*)、《失乐园》(*Paradise Lost*)、《安娜·卡列尼娜》(*Anna Karenina*)等文学作品一样，都能开阔思维，改变命运。学习拉丁语的回馈，就是能阅读这样的宏伟之作。

但也不局限于此，拉丁语的经典之作，深深影响着西方文学传统。(此处我并非完全谈论单个读者)如果不去了解学习，我们就会迷失在自己的文化世界中。比如，我们要是不读维吉尔，又怎能读懂但丁(Dante)和弥尔顿(Milton)？(针对此事，我总是很惊讶现代的历史学家，乐于研究格莱斯顿等人物，却对古典语言一窍不通,焉知正是这门语言给予格莱斯顿生计。)

翻译过来不行吗?某种程度上,当然可以。而且老实说,过去的五百多年间,许多英国人,都在阅读译成本国语言的拉丁语文学。不管你赞同还是反对,拉丁语一直是门精英学科。但是,翻译作品不能完全替代原文,这有两点原因。

首先,如果我们完全放弃拉丁语,谁又能理解古物中持续挖掘出来的一页页,甚至全卷的"新"拉丁语内容呢——其中很多都是来自英国(像文德兰达木牍一样)?或者,我们让几个人专门研究并在新的内容出现时将之译出?

其次,翻译无法完全重现原文。总有很多译本,根据译者的目标读者,所处的时间、地点改写着原文。试着阅读维多利亚时代任何一个维吉尔的译本,问问自己,如果只有一个版本,那么今天是否还能读到《埃涅阿斯纪》。单靠翻译,文学根本无法存活。

提出蠢问题

2006 年 7 月 13 日

上周,我花了一个上午,学习《媒体应对技巧》,一门剑桥大学偶尔会帮教职工安排的速成课。课程目的是让你变成一位在广播电视上,更"成功的演讲者"。

半个上午学习理论(如何着装,如何准备,何时微笑,如何微笑等)。剩下半个实践理论,练习方式为采访,过程需要录制。采访过后便是吹毛求疵的环节了,我和指导老师以及那些同病相怜的同事一起对录下的采访过程挑问题。虽然丢人，不过效果确实显著。在大家一起听我谈论学习拉丁语的益处后，指导老师问我："你的核心点去哪儿了？"我想，这个批评很中肯，因为我根本就没有什么核心点。

我无法想象自己会按部就班地遵守所有给定的规则。老实说，即使能让我在镜头前更好看，我也不想穿推荐的粉彩色修身西装。不过，有一点还不错，就是至少知道了自己违背了哪些规则。

整体而言，重点似乎是只要你学会了如何"制定议程"，就能更出色地应对好媒体采访。粗略复述一下这句话，也就是"如何不回答问题"。

在学术上，回答问题闪烁其词似乎是个恶劣的行径。我们日常工作中，绝大部分时间都在向学生解释"答案不相关会扣分"（就像剑桥大学试卷上宣传的那样），尽量让年轻一代知道，学术上的成功通常属于回答出指定问题之人，而非只回答自己耳顺问题之人。

结果是平凡的大学老师乖乖地全力回应那最浅薄的采访者所提的最不堪入耳的问题，而当谈及更有趣的相关领域时，时间却稍纵即逝。我受够了经常被问些堕落的问题："那么罗马人养了哪种狗呢？"（我不知道，我认为这些问题很粗俗。）我们本应该谈论的，是古典神话中怪物的魔力。

学习这种应对技巧确实有用。在这之后，我在脑海中会反复练习"这是个有趣的问题，但是我认为最重要的一点是……"或者"是的，不过我们首先需要思考……"这样的句子。

但是我们这群人对未来的广播访谈也着实有些担心，要是每位嘉宾都预设好自己的议程，并千方百计欲图转向这些话题，结果便不堪设想。像《夜波》（*Night Waves*）[或是《我们的时代》（*In Our Time*）]这样的节目，就会从坦白友好的对话，变成一系列的独白。而且不管怎么说，如果你是节目收听者而非台上的演员，难道不会憎恶不回答问题的人吗？

我究竟是否真正提高了自己"有效沟通"的能力，这尚待观察。昨天我真的试了一下这样的沟通技巧，当时我接受了BBC四台一档新节目的采访，探讨罗马人的形象。该节目与夏天重播的《我，克劳狄乌斯》（*I Claudius*），也就是1976年BBC出的一系列纪录片，主题差不多——此外，古典学者们注意了，幸运的话，节目中可能会有一段1960年莫蒂默·惠勒（Mortimer Wheeler）的视频，不容错过，视频中惠勒一面思考着大英帝国与罗马帝国的共同点，一面在庙宇台阶上吐着烟圈。

恐怕，我要再次坦白，我违背了一些原则。我的西装又不见了？我想不出核心议题，因为前一天夜晚派对中，我喝了大量的酒（可想而知，肯定不被允许）。但是，或许我成功地调整了姿势，不让头略微歪向一边以致让人分心。我等不及想看看我在节目中的样子了。

学者职责？

2006 年 7 月 18 日

因为大学老师工作时间不固定，所以大家通常认为我们有很多空闲时间。人们在周二早晨看见我们疯狂购物，抑或是撞见我们慢慢享用午餐，便会忘记我们整个周末和大部分夜晚都泡在图书馆。很多学者朋友都抱怨，这样并不利于家庭生活。

我们因此也极易成为某些人的猎物，他们认为我们可以轻松匀出一些"闲暇时间"，满足他们的各种需求。几十个"独立制片人"会给你打电话，尽力说服你帮助策划他们的新节目，关于角斗者，关于古典时期的性，关于罗马帝国的衰落，等等。既然邮件已成为主流通信媒介，我们自然对放下听筒这一旧招疏于练习——这也必然是他们选择打进电话的原因。

除此之外，还有急切的高中生希望通过热情的信函或是邮件，让你利用职位之便帮助他们在高级水平课程考试中开小灶。我能证明，英国有很多孩子研究"罗马女性"，多到你想不到。

或许出于此因，一名资深的牛津大学学者为应对这种压力，便在网上发表了《"会面"规章》，极具双关意味，写给所有想利用他职位之便之人。

条约大多数都是他拒绝的事情：

"学期内，无额外授课，不发研讨会论文。学期外，除特殊情况，规章与学期内相同。"

"书本或文章在出版环节前，不供出版商阅读。"

"上午 11:00 前（周一 11:30 前），本人不在伦敦见面，除非囊括夜宿费用。"

还有一些其他方面的苛刻条件：

"差旅开始后 6 周内必须报销费用。收取的利息与本人信用卡扣除额相同。航程若超过两个半小时，则需以商务舱标准报销。"

"除特殊情况，不给期刊等读物写书评；若是核心刊物书评,至少需要提前 8 周通知。"

我看得出他是哪里的学者。对国外一些大学的行为,我至今仍然感到气恼,他们要 6 个多月才能给我报销差旅费。此外,有好几次,我需要重新安排自己学院的教学进度,又冷又难受地乘坐途径荒野的火车,辗转到村中只为同几个入伍士兵交谈,这一切似乎并不值得我如此大费周章。

但是履行公民职责这一说法又作何解呢?人们认为学者领着国家的工资(虽然薪资微薄),便有责任前往各地回馈社会。该职责或许并未列在我们的合约中,但是肯定包含于大多数人对这份职业的广义理解中,即学者在学术界之外也要进行传道、授业、解惑。前往破陋的教堂,自费到乏味的场所授课(监狱是我较喜欢的授课地点),给当地报纸写短评,这一切都在我们日常行程中占有一席之地。

最主要的一项行程是到中学宣讲(很惊讶为什么这条没有出现在《"会面"规章》中)。真的,这些活动不涉及任何金钱利益,也不总是有趣。对没经验者而言,你很难让 60 多名 14 岁孩子的注意力集中,尤其当你的半数听众是被强迫来听你讲座的,以便让他们疲惫的老师休息一个小时。虽说如此,在某个不经意的地方,我们很有可能改变某位孩子的眼界。

我丈夫现在是位艺术史学家,他仍讲述着自己学生时代这样一个令他豁然开朗的时刻。他从来不知道艺术史可以作为一门研究性学科,直到尼古拉·佩夫斯纳(Nikolaus Pevsner)到他的学校,就当地建筑进行了一场至今令他记忆犹新的演讲。佩夫斯纳还特别提到了布里斯托和巴斯两座城镇在建筑史方面的不同之处。这听起来有点陈词滥调,但确实开启了另一个人的一段艺术史职业生涯。

佩夫斯纳在当时已经是位极具影响力的人物了。但是我不相信他也需要对自己的差旅费和信用卡账单，列出细细的条款。

他们指着废墟，却说那是和平

2006 年 7 月 24 日

熟悉古典时期的历史，会帮助我们认识自己的历史，对此说法我通常持有怀疑。如果有人跟我说古代和现代情况很相似，我定会反驳该观点，因为古代几乎在所有可能的方面都与现代截然不同。

但是我在罗马历史课上经常提到的两个话题，时下居然变得热门，还真实发生了，这令我十分不安。

其一是"帝国境内原住民"反抗罗马帝国的整个主题。如果没有军事资源，如何能站起来反抗古典时期唯一的强国？

公元前 3 世纪至公元 1 世纪，罗马的统治在世界范围内大大扩张，从撒哈拉绵延至苏格兰。同大多数帝国一样，罗马至少给部分被征服地区带来了好处。我指的不光是商品、教育、供排水系统（这些并未像我们经常想象的那样，影响到很多罗马领地）。罗马的帝国战略，首先是吸纳当地的精英群体，其后在全境给予具有完整权益的公民权。这是一种慷慨，尽管也是出于罗马自身的利益。

话说回来，如果不想被罗马占领，不想丢失民族自决权，不愿被迫唱罗马曲调（不愿支付罗马的税），你能做些什么？

罗马军团所向披靡，战无不胜。双方交战，罗马军团可能有时会陷入困顿态势（如果你能趁罗马人不备，乘机伺隙，召集大量军队的话），但是在实力到达巅峰时，他们就没吃过败仗。

野蛮人并不愚笨。他们不会毫无意义地牺牲同胞的生命，在前线抵抗强权。相反，他们会采取失势一方抵御强大军队时惯用的手段：忽视战争守则，诉诸游击战，运用旁门左道，发起恐怖袭击。

这种战争大多残酷可怕。如同连环漫画之于现实，我们印象中勇敢的小阿斯泰利克斯（Asterix）以童子军般的戏谑抵御罗马人入侵的故事绝非真实。这种戏说简直会让自杀式爆炸显得有趣。布狄卡（Boudicca）的刀轮战车（假设真实存在）就像是古代版的汽车炸弹。为了让入侵的部队畏惧，据说她把罗马平民女性的胸部割下，缝进她们嘴里。

罗马作家对战争中出现的野蛮手段感到愠怒万分。他们谴责这些人使用非法武器，公然藐视军事规则。〔事实上，在现代英语中，相较于更为形似的"barbarian"，"terrorist"（恐怖分子）一词在语义上更接近罗马人使用的拉丁词汇"barbarus"。〕但是，面对难以抵抗的帝国主义势力，他们一定觉得自己除此之外别无他法。这听起来不耳熟吗？

我课上谈到的第二大话题为，罗马历史学家塔西佗对其岳父阿古利可拉（Agricola）任职生涯的著名撰述。阿古利可拉是1世纪末期罗马驻派不列颠的总督，他将罗马势力范围往北扩张至苏格兰。有一次，野蛮人愚笨到欲图冒险作战。塔西佗称，战前不列颠领袖卡尔加库斯（Calgacus）进行了一场鼓舞士气的演讲，他谴责了罗马帝国侵略后的统治，更谴责了其对本族语言的破坏。罗马人屠杀掠夺，却美其名曰"权力"（我们口口声声说的"附带损害"也是同理）。卡尔加库斯说："他们指着废墟，却说那是和平。"此句已然成为时下名言。

这句话经常被引用，作为野蛮人对罗马统治的谴责之辞。当然，事实绝非如此。卡尔加库斯等不列颠"野蛮人"，他们的真实话语从未流传下来。正如许多帝国一样，最尖锐的批评并非来自外部，而是往往源自罗马体系内部。这些话是塔西佗这位举足轻重的罗马俊杰自己的分析。他观察着罗马扩张的结果，敢于设身处地为被统治一方着想。

因此，这句话也适宜地提醒了我们。无论我们的"废墟"是以何种形式存在——不管是阿富汗的罂粟种植区，抑或是以色列和黎巴嫩真主党的战争（还有我们罪恶的视若无睹）结束后贝鲁特留下的废墟——我们仍然在制造废墟，再称之为"和平"。

刀叉使用测试？

2006 年 7 月 28 日

有些关于大学新生的新闻听了让人不免沮丧。来自公立学校的大学新生数量在减少。家境贫寒生进入"顶尖大学"的数量也在下降。另外（虽然似乎没人对此关心）大一新生中男性数量也在缩减。

像这样的新闻，会触发新一轮对牛津、剑桥大学的猛烈抨击，这是国人最喜欢的游戏。他们通常认为，我们老师晚餐后会围坐一团，痛饮红葡萄酒，谋划着录取接受过私立学校教育的愚笨富家子弟，而放弃普通学校毕业的优秀生。而只有极少数情况该做法才会被外界关注：GCSE 考试中取得 15 个 A*、在 A levels 中成绩同样斐然的申请者不幸被拒，而录取者（暗含之意）却是个只知道拿刀叉、资质较浅的上层男孩。

大家（除了我们）都喜欢这样的事情。小报尤其喜欢追踪辛酸史。大报则操纵中产阶级读者担忧自己的孩子或是孙子能否考上名校的焦虑。对工党前座议员而言，谴责学术霸权的恶劣行径，正是表达他们仍然对社会公平存有某种关注并确保后座反对者对其信服的廉价方式。

当然，事实并非如此。对于公众舆论，我们存在难言之隐，保密原则不允许我们解释自己的立场。至于落选的申请者一边，他们的校长或是父母可以随心所欲倾倒苦水，批评我们的提问方式（"你是说你从未去过美国？"），或者指责我们糟糕的态度（"面试官迟到了两个小时，之后穿着晚宴服就来了"）。

相反，我们只能诉诸陈词滥调，解释竞争多么激烈，我们收到 1000 多份不错的申请，申请者的论文质量都很高。有时这是我们唯一能对落选者解释的缘由。但有时我可以很负责地说，还有一些其他原因让显然优秀的 X 女士名落孙山。不过这些原因，我们必须缄口不言。

但是更重要的一点是，认为我们这些老师，宁愿教愚笨的富家子弟，而不愿搭理聪明的贫家人才，这绝对是荒谬的言论。当然，我们有时会犯错误，也可能会在面试中说了什么（通常都是无意之举）惹恼甚至伤害了学生。然而，我在剑桥负责面试考核的岁月里（至今已逾 20 年），大家一直是根据学生资质择优录取，不会因为社会背景和文化优劣筛选学生。

问题在于，挑选高素质人才，是一项无法保证结果是否科学精准的工作。我举个（完全假设的）例子。一方面：A 候选人——一位女孩，和无业的祖母吃住在一起，上的学校只有 5% 的学生可以继续接受高等教育，而这位女孩却在 A levels 中拿到了 4 个 A 等成绩。另一方面：B 候选人——一位男孩，就读于昂贵的公学，父母因剑桥大学结缘，之后开启了高收入的法律生涯。而男孩恰好也拿到了 4 个 A 等成绩。显然，A 候选人拿到这些分数，比 B 候选人付出的更多，于是她的能力可能更强（而我也能肯定，女孩肯定能接到录取）。但是这并不意味着 B 候选人就不应该被录取——你不能否认另一种可能性，他也可能更聪明。毕竟，天才出自贫家，也来自富家。

所以我们只能尽己所能。我们接受训练，学习如何让面试更公平（不是刀叉使用测试，也不是带有阶级色彩的提问）。我们拜访中学，鼓励优秀的学生递交申请（不要因为报纸上的内容就放弃）。我们尽可能多收集数据。尽管最近牛津大学开的先河引发热议，但是数年来，我们都会给申请者提供"复议高级水平课程考试成绩"（考虑他们中学的整体水平）。但是坦白而言，现在中学学校推荐信对申请者公开，这对我们并非帮助。相比以往，我们更不能从校长方面听到实话。

这件事的根本原因在于政府的无知（和不公），因为政府对国家教育体系投入不足，未充分采取有效措施维护社会公平，反而指责"知名大学"没有解决他们酿成的错误。

性爱与学术无关

2006 年 8 月 1 日

有时我感觉，读者的理解与我文字传递的意思大相径庭。说得委婉一点，在新闻行业（甚至包括最具理性文学色彩的那类新闻），写稿与阅读花费的精力根本不匹配。我苦干数小时，谨慎保证微妙语义的正确性——然而有人在乘火车或是如厕的过程中，拿起《泰晤士报文学增刊》（TLS），花上个 5 分钟就读完了，留下的印象与我尽力传递的意思截然不同。

我不是在指责读者。毕竟，我看其他人的文章，或许也会同样只花 5 分钟。你也可能辩驳，作者的职责就是向所有读者阐明自己的观点。但是将心比心，如果别人完全误解了你，你也会恼火狂躁。

上周（7 月 24 日），英国《独立报》（The Independent）发表了一篇名为《问与答》的文章，回答部分来自著名的玛丽·沃诺克（Mary Warnock）。其中一个问题是：“玛丽·比尔德教授暗示，古典学者爱德华·弗兰克尔（Eduard Fraenkel）的学术地位因其在牛津大学的课堂上对女同学举止不当而下降……弗兰克尔之前是您的老师，您同意这样的说法吗？”

沃诺克回复：“我认为，唉，比尔德教授那是无稽之谈。”

要是提问者所言与我所写之物无甚关联，我自己可能也会同意沃诺克的回答。

提问者（我不应该公开其名，也不应该对其不齿）所指的是，我在《泰晤士报文学增刊》上，给新出的《英国古典学者传记》（Dictionary of British Classicists）写的书评。在评论中我指出，弗兰克尔（1935—1953年任牛津大学拉丁语教授）的条目下，特别奇怪，作者居然只字未提他臭名昭著的"咸猪手"事件，而此事显然记录在（尤其是）沃诺克的自传中。

我根本一点也没有暗示，这样让他在古典学界地位下降。古典学者在性方面自然存在各种美德与瑕疵。但大体而言（当然，也有一些限制），性交与学术无关。事实上，我斗胆一言，大多数超过45岁的女性（比如我），对弗兰克尔的行为都感到矛盾。我们无法控制自己谴责男权的泛滥。但是老实说，我们也不禁怀念这种目前法令禁止的、性维度下的（成人）教育。

我真正反对的是删改传记，违背原则。弗兰克尔夜晚与女学生的行径，相当广为人知，为什么要从他真实的生活经历中抹去这一笔呢？为什么要煞费苦心地编织他只忠诚于妻子的谎话？或者为什么不起码做好接受的准备：他爱妻子，他也爱许多情人？我们难道不需要知道学界巨人的一切，包括缺点吗？

这和质疑弗兰克尔在学术界的地位，完全不是一码事。

当然，这种误解在其他情况下可能会更严重，毕竟弗兰克尔的名声只有少数人关心。几年前，我写过一篇自认为同样微妙的文章，内容是关于应对911事件。然而自那之后，我就成了个认为"美国罪有应得"的愚蠢/麻木/危险的大学老师。所以在弗兰克尔事件中被诋毁，并不算最坏。

但是也许我应该从中吸取教训。

评论

我记起伦敦大学一场激烈的辩论，关于布朗特（Blunt）间谍身份披露后，其荣誉退休教授的头衔是否应该被剥夺。我们只有证实了布朗特的普桑（Poussin）作品合集中，存在伪造内容，才可以剥夺其头衔。

——戴尔德丽

　　我很荣幸能成为科林·麦克劳德（Colin MacLeod）的学生，而麦克劳德又师从弗兰克尔。有一次科林坦诚地说："问题是，约翰，一些优秀的学者很晚才发现，自己真正感兴趣的在于高尔夫、女人或是其他方面。"弗兰克尔和一些目前仍默默无闻的学者，就对女人饶有兴趣。

　　顺带一提，我应该指出科林和弗兰克尔的不同，弗兰克尔像大多数条顿人一样博学却无远识。而科林的自杀早逝却是英国古典学领域，乃至整个世界的巨大损失。

——约翰

　　恭喜您，比尔德教授，您能道出事实，也能理解学识与性爱之间的强大关系。我是一个十足的直男，我曾经有一整晚，都和一位声名狼藉却又才华横溢的剑桥老师待在一起，他还想摸我。但是我从他那儿获取的知识和信息特别有用，这些收获都无法公开（内容关于在国外做间谍的事情）。虽然吃早餐的时候，我的朋友看见我和他待在高桌上睡眼惺忪，感到特别震惊，但我知道自己在做什么，我不后悔。

——爱德华

后宫

2006 年 8 月 11 日

我之前从未去过伊斯坦布尔。所以初次拜访前我仔细研究了当地古迹，到达后便直接去了此城的旅游胜地——奥斯曼帝国统治者的皇宫托普卡珀宫。

在这儿，我享受了一场不错的多元文化之旅。穿着短裤、脏兮兮的背包客，与裹着头巾（举止粗野却顺眼）的穆斯林女孩擦肩而过。读着游客指南的老人，与年迈的穆斯林朝圣者同坐一张凳子上——欣赏着苏丹们得到的许多源自穆罕默德本人的古物。

我选择最后再去观摩这些古物。因此在付了钱、通过安检后（谢天谢地，喝的还让带），我直接先去了后宫。

参观后宫需要另外付钱，而且严格来说，只能在导游的陪同下进行（半小时一拨）。现场的警告措辞严厉，禁止任何擅自脱离团队的行动。然而只要你雇用了私人"语音导游"，就没有任何保安会阻止你在其中信步闲逛了。后宫宏伟异常，装饰别致美观，这里的几处美景在整座皇宫中都别具一格——在这里，复杂的社会性别等级、森严的监察机制，内构在建筑的骨髓内。我甚至很难真正理解，这所有的一切是如何相互协调、良好运转的（这可能也是苏丹的目的之一）。但是基本原则是很清晰的。受宠的女子宫殿更华丽，也比不受宠的离苏丹更近。宦官可以监管所有人的出入，如果有需要，甚至可以借助巨大的镜子。

此地的钩心斗角总是掀起无数祸端。堕落荒淫的古老东方人形象，似乎完全过时（宫殿外出售的明信片和土耳其软糖罐上的画像除外）。我的指南把这荒淫的形象替换成了一幅惊悚的画面。指南写道，后宫是"封喉场所……里面的女人操纵密谋、用毒动刀，一切只为在后宫上位夺权"。如果其他女人的妒忌不算什么，那么这里还有苏丹及其宦官心血来潮的残害。"一些苏丹和宦官喜欢把女人踹晕后放进麻袋，装上船，丢进伊斯坦布尔海峡。"有两位苏丹显然都是如此处理自己的整个后宫的。

所以，当发现语音导游的讲解与指南截然不同时，我有些惊讶。语音导游说，后宫相当文明。这里是为数不多可以供女性学习人文艺术的场所。此外，我们被告知，现场时不时播放的音乐正是由某位后宫之人写成。后宫的许多女子显然与苏丹宫廷成员在婚姻的殿堂里幸福美满地生活着。（"我一直猜导游接着肯定会说，这有点像牛津剑桥的女子学院——但是他只字未提。"）

欲图挖掘事实真相，其实没有多大意义。这其实就是个典型的例子，证明局外人要想理解女子学院的内部运作有多难。这事倒是提醒我，古典学者想理清希腊女诗人萨福（Sappho）与女学生之间的关系时面临的窘境。我们应该将她视为挚爱学生的校长？一位青楼老鸨？抑或是名声不好却有吸引力的女同性恋集会领袖？

谁知道呢？

身在庞贝，声闻国内

2006 年 8 月 18 日

我仍然对《性爱与学术无关》那篇博客的读者反应感到心有余悸。一年多以前，我在《泰晤士报文学增刊》上，写了篇书评（关于《英国古典学者传记》）。我在其中点出，牛津大学拉丁语教授爱德华·弗兰克尔，其被委婉称作"咸猪手"事件的可靠事实，为什么会被隐去。我写道，我对弗兰克尔可能有过的行为，持有矛盾心理：一方面是女性对男权泛滥的愠怒；另一方面是怅惘怀旧（我保证，很多与我同龄的女性都感同身受），我想起了早期教育，那段岁月可能比现在单纯得多。而读者怎么看呢？我收到了几封弗兰克尔学生写的信，他们很生气，谴责我玷污弗兰克尔老师在他们心中的形象。

几周以前，我在某篇博客中又简要谈起此事。这立马就引起《每日邮电》、BBC 等媒体的报道。这次我又因为一个迥然不同的罪名而被指责。现在我可能是位脱离现实的剑桥老师，"渴望"回到教授与学生性交的年代。但这不是我说的，也不是事实。

请允许我再次申明（我发现过去几天，我经常说这句话），我不容忍性骚扰，也不"渴望"回到旧时代。我的"怅惘怀旧"实非此意——怀旧并不意味着要回到过去。毕竟，我们可以怀念半个世纪前的尼古丁文化，怀念电影《北非谍影》（Casablanca）中鲍嘉（Bogart）头上的烟圈，但不会真的出去买盒万宝路香烟——里奇（Rick）如果没有意识到这一点，而是继续抽烟，他就可能会惨死于肺癌。

从目前来看，我试图表达的这种矛盾情绪，最佳的体现就在玛丽·沃诺克的回忆录之中。沃诺克是弗兰克尔的一位"女学生",她非常理解这种矛盾情绪。一方面,她从弗兰克尔给几位学生的激情教学中受益,另一方面,有些人又因此饱受伤害。

我对自己文字引起的所有反响,更是倍感错乱怪异,因为我甚至都不在国内。我在庞贝,为我下一本要写的书做准备。昨天,我和丈夫以及一位意大利同事一起探索庞贝遗址时,手机一直响个不停(庞贝的电话信号有点不稳定)——想要我的回应或者发更多的文章。我打算缄口不提自己实际上在探索庞贝人所谓的"青楼",在思考什么特征能区分出青楼。因为这样可能扔给这帮豺狼太多美味。

那么我从中学到了什么呢?首先,在8月这个新闻饥荒期,得注意自己的言辞。不过另一方面,读者那大多愚蠢且不准确的反应表明这个话题很棘手,而且人们也着实乐意去讨论。此外,我也建议朋友和同事们,不要在庞贝车站酒吧的后面,接受《今日》(Today)栏目的电话采访。要解释清楚真的很难!

罗马大火,燃起雅致

2006 年 9 月 19 日

对于古典世界史的流行说法,古典学者会习惯性地泼冷水。比如某个希腊罗马事件,大家认为自己了解个中事实,但是这时学者就会摇摇手指,热衷于告诉你这是错的。

好吧,为了颠覆这样的形象,我不会驳斥罗马大火时,尼禄(Nero)确有闲情逸致(fiddle)。只是此事取决于你如何看待他的雅致。

大多数人恐怕都误解了尼禄的雅致。

意识到这一点,是在我阅读周末报纸上刊登的 BBC 新剧预告时。该剧为罗马历史纪实题材,我也有幸参与。第一集主角是尼禄〔我目前也不知道原因,剧集不是按历史顺序播放的。真正"最早"的内容,应该是关于提比略·格拉古(Tiberius Gracchus),但却被排到了第三集〕。

可靠的历史资料显示,尼禄在 64 年罗马大火发生后,积极救援,是位有责任心的皇帝。他为灾民提供安置地点,着手重建罗马,确保其在未来能抵御火情。该想法显然吸引了电视评论员——不止一位的评论都类似于"所以罗马大火时,尼禄并未悠闲。相反,他回到首都救援百姓……"事实上,同样的说法不断涌现,不免让我怀疑。而结果也正如我所想,他们的评论直接取自 BBC 的宣传资料。

且慢,自鸣得意的大学老师想。这些人显然认为指责尼禄存有"雅致"是错误的,他们理解的"雅致"是悠然自得地信步闲游。而事实上,尼禄的"雅致"完全是种音乐行为。他的"雅致"指向的是拉奏乐器,如果不是现代版的小提琴(fiddle),便是古代版的小提琴,即里拉琴。

根据历史学家狄奥(Dio)记载,尼禄进行紧急救援前,上过宫殿屋顶,穿上弹奏里拉琴的华服,唱了首十分应景的歌——《特洛伊:陷落之城》(*Fall of Troy*)。苏埃托尼乌斯(Suetonius)在给尼禄写的传记中,同样记录了唱歌这个片段(虽然没提到里拉琴)。尼禄的罪名不是"闲逛"。罪名在于他面对危机的本能反应,是在艺术和高雅文化中寻求庇佑。

现在人们未必会根据我的理解重新唤回"雅致"的"真实内涵"。事实上,对于"雅致"(fiddle)一词语义的转变,与其学究气地惋惜,不如加以庆祝。因为这种转变使得这个词变得更易于使用了。在新奥尔良变成泽国时,乔治·沃克·布什(George W. Bush)因为像"罗马大火燃起雅致"而备受指责,我不认为指责他的人觉得他不过是不合时宜地追求高雅艺术罢了。

安得中肯书评?

2006 年 9 月 29 日

书评对售书没有丝毫影响。这至少是出版商的共识。也就是说,尽管杰弗里·阿切尔(Jeffrey Archer)新出的"小说"被评论员批得体无完肤,他还是可以囊中收获数百万元收入(大量的宣传资金或许发挥了作用)。或者相反,有成千上万种好书,虽有评论美言盛赞,但是其收益甚至不抵其本身少得可怜的预付款。积极的评论让作者暖心,却对消费市场无足轻重。

确实如此。但是这样确实太过低估了整个评论行业的意义了。当然,我为《泰晤士报文学增刊》工作,我会偏向评论业——不过我始终坚信,评论对文学文化的发展举足轻重(欢迎提供更贴切的描述)。评论不仅是评判作品质量的指南,其本身也具有文学魅力——它们或评价或批判,体现了评论者的洞察力,可读性极佳。

那么,我如何为《泰晤士报文学增刊》寻找古典书籍的评论员呢?某种程度上,这项工作有点类似婚介机构。

也就是说，获得中肯书评的技巧（我说的"中肯"并不指"积极"），在于把对的书交给对的评论员，即使初看双方似乎并不合适。对此，我有三点重要的经验之谈。

1. 不要把书交给你已经知道会给出怎样反馈的人。尽管人们经常对评论行业的职业操守抱有种种看法，但是业内人士，至少我是如此，并没有兴趣把评论作为免费的平台，仅仅为某人提供吹捧或是谴责的机会。当然，有时候你会出错……你可能给某人苦心经营的作品找了位尖锐的评论员，然后几个月之后一位朋友出来解释，这种评论之所以会出现，是因为评论双方一开始就势不两立。但是，我摸着良心说，我无意造成这种错误。我已经尽力去了解人们之间的争端了！

2. 跳出传统思维。你可能误认为，一本关于（比如）已故罗马历史学家阿米阿努斯·马尔切利努斯（Ammianus Marcellinus）的新书，其作者如果是目前两位该领域专家（老实说，他们没怎么拜读过马尔切利奴斯的作品）中的一位，那么评论工作最好由另一位完成。而事实上，由另一位充当评论员或许是最糟糕的选择。首先，我们应该要清楚两种毫无疑问的情况：他们或许为了一方不喜欢某位作家早就争吵决裂，又或许彼此友情深厚。敏锐中肯的评论，通常源自职业与书本探讨的领域相关却又略微不同的人，换句话说，来自一位默默喜欢阿米阿努斯却未真正写过阿米阿努斯的爱好者（做这一行，必须要耳听八方）。如此便既有局内人又有局外人视角了。局内人方面：局内人了解此书质量如何，他们的意见你需要听取。局外人方面：局外人代表潜在读者，他们的意见你需要关注，你可以询问他们书中是否有大家都感兴趣的内容。

3. 记住，这都需要时间。给评论员时间，让他们细细品读，享受过程，打磨评论。如果我听见有人炫耀早餐前就迅速搞定了一篇《泰晤士报文学增刊》评论，我的心就会一沉。（大家都知道，我会生气地指责他们，如果多投入些时间，评论的质量说不定会更高些。）此外，组稿编辑也需要时间，在把书发给评论员前，编辑需要看的不仅仅是封面和开头几页而已。如果你想给书找到个合适的评论员，你肯定需要知道书中讲的是什么内容（并不是封面上写的简介）。简单地说，一个好的评论编辑，需要时间了解书本内在。

遗憾的是，经过这细心投入的过程，书评仍然无法影响售书。

新生的一周

2006 年 10 月 2 日

周二，剑桥大学开始了新学年，有数千名新生来到校园报到。体验过当下烦琐的欢迎仪式，让我不禁回忆起 30 多年前自己像他们一样，初次迈进剑桥求学时的感受。

过去开学仪式并没有如此烦冗。现在的孩子几乎整个礼拜都是在开学仪式中度过的，行程密集到我都无法想象大多数活动如何进行。参加"健康与安全"主题会议，参观各种图书馆，聆听计算机培训大会，与系学生代表见面，参加学生活动室的茶会和系里的"舞会"，听拒绝剽窃讲座（差不多是这些了）⋯⋯这些都是在他们与自己的教授以及讲师见面之前参加的活动。

我记得我当时所有活动都很务实。听院长在学院"盛会"

上发表了一番鼓舞人心的讲话，与导师和各系主任简短见面，然后就开始探索大学生活（神奇的是，我们很快就了解了大学图书馆的工作方式）。

除了最初几天正常的焦虑情绪和鲁莽行为外，（我不打算分享！）我现在只记得两件和学院成员初次见面的事情。

第一件是在院长讲话完毕后和院长聊天，我告诉她我在纽纳姆学院不想在"大厅"吃饭，只想在学生厨房做红酒烩鸡（当时是20世纪70年代）。说这话时我定是情绪过于激动，因为30多年过去，院长也还记得我们那次谈话。第二件是和优秀又威严的系主任见面，主任坚定地提醒我们，我们能在剑桥上学花的是纳税人的钱——而纳税人期望我们像他们一样努力工作：一周工作40个小时，一年工作48周。

如果当时有人跟我说，几十年后我自己也会站在一群本科新生面前讲话，我肯定不会相信——坦白说，现在也有点难以置信。如果是你，你会说什么呢？我在周三超过80人的剑桥大学古典学专业大一新生集会上又该说些什么呢？

可悲的是无法沿用纳税人这个主题了。如果继续用这个话题，他们可能对我施以绞刑。毕竟，大多数学生为进入大学接受宝贵的教育都欠着巨额的债款。

很可能我会像去年一样，重点讲高中升入大学时他们需要具备的各种技能。无论现在的预科课程如何，它肯定教不会学生自主学习的能力。新生初入大学时，习惯的是"目标"教育法（如果你能答出以下四点，并找出虚拟语气，就可以得A）。他们也会惯性认为，只有当有人在他们面前教他们，他们才能真正学进去东西。我应该尽力令他们信服（只有极少数成功会以过去的成绩来衡量判断），学习不仅仅是目标导向——他们真正能学到很多东西的时候，可能不是坐在教室听课，而是在图书馆独自发奋阅读时。

我希望他们能懂的一点是，我们费用昂贵的教学，旨在授之以渔，启发鼓舞他们，让他们能建立起自信，以此来独立学习，探索世界。

评论

您可以告诉您的学生他们是多么幸运。我在英国公开大学（编者注：远程教育大学）读的本科和硕士。我们没有现实中庞大的图书馆资源，从第一天开始就需要不停地鼓励自己才能继续。我很幸运，距离开放的古典学图书馆很近，但是我不能和普通大学的学生一样享有慷慨的借阅数量。我们的导师很厉害，但是离我们很远。我们大多数都是边工边读。如果能上剑桥做您的学生，我愿意付出一切。

——杰姬

面纱、头巾、"血河"

2006 年 10 月 9 日

关于异己文化和宗教装束的争议历史悠久，至少可以追溯至古罗马时期：古罗马人对东方传教士——地母神库柏勒（Cybele）（也称为"大神母"）艳丽的服饰感到恐慌。奇怪的是，在杰克·斯特劳（Jack Straw）的"穆斯林妇女穿戴面纱辩论"中，大多数观点激烈的人，似乎已经淡忘20世纪60年代那个同样引发热议的话题，关于宗教服饰：锡克教头巾。

我的孩提时代，成长于西米德兰兹郡，那里一个较严重的多元文化问题就是（不过当时我们还不知此叫法），当地的锡克教公交司机和售票员工作期间是否可以蓄长胡须、戴锡克教头巾。这件事引起国内热议，出现在报纸头条，与我们过去一周的负面见闻不相上下。伍尔弗汉普顿有位锡克教徒威胁说，除非放宽这种禁令，否则要把自己活活烧死。这之后人心愈显惶惶。传闻说很多锡克教人士打算效仿他的自杀行为。

当然，公众观点存在着分歧。许多锡克教群众认为，禁止佩戴头巾是对他们宗教的侮辱。其他人则对这种强硬的态度感到不安，担心这样可能会"破坏社会和谐"。1969年伍尔弗汉普顿交通管理局迫于压力作出让步，问题于是得到解决。我现在记不清他们为什么一开始会反对佩戴头巾。一种老套的猜测是，不戴制服帽，交管局员工的制服就无法统一，但是除此之外，我想这也是某种异化的"隔离"和"差异"吧（套用斯特劳的话）。

40年过去了，锡克教仍然受到地方种族主义的威胁，这种地方种族主义，现在甚至威胁到国内所有肤色不是"保护色"白色的人，威胁着他们的生命安全。自从911事件后，纽约市交通运输管理局对传统的锡克教服饰就感到不安。但是在英国，除了英国国家党那群为数不多的疯子外，肯定没人认为公交司机裹着头巾有什么不当之处（我们很多人都很开心售票员能回来工作，并不在乎他们的装束习惯）。

间隔了40年，很难回忆起这种争议造成的内心冲击有多强烈。但是，这事发生不久前，于1968年，以诺·鲍威尔（Enoch

Powell）在伯明翰发表了一番臭名昭著的"血河"演讲。演讲尾声，他引用了当时的工党议员、内阁大臣约翰·斯通豪斯（John Stonehouse）之言，谴责当地锡克教人士的想法以及他们为获取佩戴头巾之权而发起的运动。

"锡克教群众运动，"斯通豪斯说道，语气并不比鲍威尔好到哪儿去，"欲图捍卫这显然与英国文化不符的装束习惯，真令我们失望。在英国就业，特别是从事公共服务业，他们就应该做好接受雇佣条件的准备。索求公民特权（或者应该说是宗教特权），会造成社会严重分裂。这种权利是毒疮，无论何种肤色的人这样做都应该遭受强烈谴责。"

从来就没有简单明朗的政党政治问题。

回顾一下鲍威尔的演讲全文，会发现里面冒出了很多奇怪的内容。至少，鲍威尔不是会用"血河"表达的人。事实上，他的引用源自维吉尔著作《埃涅阿斯纪》第六卷："台伯河冒起血的泡沫。"（拉丁语原文：Et Thybrim multo spumantem sanguine cerno"，位于第 86 行。）这句话是先知希贝儿（Sibyl）给埃涅阿斯（Aeneas）的预言，埃涅阿斯是特洛伊的难民、罗马人的祖先，欲图在意大利的国土上重建自己的宗族。

一反常态的是，鲍威尔似乎忽略了这句话可能与他的论辩不符。希贝儿确实预言，如果埃涅阿斯试图在拉丁语国度建立自己的新城并让自己的族系与当地群众融合的话，流血事件定会发生。但是，流血事件会让特洛伊人和拉丁人结合成一个强大自豪的多元民族。而埃涅阿斯的罗马他日定会是古典世界最成功的多元文化社会——赋予所有帝国疆域内的居民以完整的公民权，甚至最终可以看到西班牙人、非洲人等登上帝国的皇位。

无论锡克教徒戴不戴头巾，鲍威尔都应该弄清，他要聪明引用的古典典故究竟是什么内涵。

评论

　　另一个时代也有个类似的典故，展现出了不同的道德观：匈牙利国王在1463年当时的反恐战争中战果不佳（也称讨伐奥斯曼战争），他想分散旁观者注意力，便谴责邻国的瓦拉几亚大公行为残忍。在这些谴责中，广为人知的一则是，瓦拉几亚大公［后世称为穿刺者弗拉德（Vlad the Impaler）］对受害者采用穿刺之刑，将他们钉在木桩之上。另一则更鲜有人知的负面传言是，意大利大使在前来拜见他时摘下帽子却仍裹着头巾——是的，那时意大利人戴头巾——于是弗拉德对这种不礼貌的行为很生气，据说他将头巾钉在了佩戴者的头上。那时，对异己习俗表示零容忍是种可耻的行为，往往用来指责对手，而非一件值得向媒体夸耀的事情。

——SW. 福斯卡

脾脏在哪？

2006年10月13日

　　本周，我开始给一年级新生上古典史课。我沿用了同事20年前创造的一套模式，第一节课伊始就传阅了地中海区域轮廓图，并让学生标出几处重要的位置（包括雅典、斯巴达、特洛伊、克里特、罗马、庞贝）。答案虽然会收上来检查，但是采用匿名的方式。他们不需要写上姓名。

标记的目的是告诉一年级学生，在夸夸其谈伯罗奔尼撒战争等事件前，他们其实需要先熟悉地图。今年的准确率跟往常差不多。我教了100多名新生，都很聪明。许多学生都正确标出了罗马和庞贝，但斯巴达却偏离得厉害（时不时就出现在今天土耳其的位置），很多学生不知道亚历山大港的位置，也有学生不知道克里特是个岛屿。他们是在和我开玩笑吗？我很怀疑……

几十年来，这个小练习总让新生集体体验到奇妙的无知。而另一方面，他们的老师则频频摇头，难以相信高级水平课程考试中（古典学）成绩拔尖的学生，居然也不知道斯巴达在哪。

我们当然不怪学生——我们责备的是政府和国家的课程体制。我们相信，自己教授的学生都是杞梓之才。问题在于他们上大学前饱受"体制"影响。（别问我们这些老师18岁左右，也就是上大学前，能否在地图上标出亚历山大港……不过，这是另一个话题了。）

几百年来，大学老师一面对学生循循善诱，兢兢业业，一面又惋惜自己学生的无知。"简直难以置信，他们居然没听说过伯里克利（Pericles）。"类似的话是大学老师们增进感情最原始有力的方式。

本周给新生上完课后，我挤出一个小时的工作时间，冲进学校图书馆，在那里我收获了很意外的信息。我去那里是为了寻找一些19世纪60年代以维多利亚时代风格写就的小册子，内容主要是辩论学校需要与禁止教授的内容。如果有人认为现在的教育过于政治化，他们真的应该看看19世纪。这些维多利亚年代的意见领袖，不仅以比我们更激烈的方式论断着课程体制的对与错，而且他们还倾向于谴责"政府"。

我发现自己读的小册子作者是罗伯特·罗威（Robert Lowe，格莱斯顿前一任英国财政大臣），他谴责学校教学大纲中拉丁语和希腊语的垄断。和我一样，他也细细琢磨这些优秀学生的知识漏洞。因为，在他看来，他们被引入了一条狭隘的古典学道路。

"我现在就向您列举受过高等教育的饱学之士可能完全不知道的事情，"他写道，"他可能不知道自己身体的构造。他可能根本不知道动脉和静脉的区别，不知道脾脏位于脊椎的右侧还是左侧。他或许不了解物理学中最简单的道理，也无法解释晴雨表和温度计的工作原理。"

听起来是否耳熟？我一开始想在下周出张新问卷，看看我的学生对这些基础科学的常识了解多少。可是我意识到，我自己也很难说出脾脏究竟在身体的哪边。事实上，罗威所指的可能就是我这样的人（虽然你可能认为受过高等教育的是单人旁的他）。

正如这些维多利亚时代人们看到的，问题不仅仅在于人们应该了解的事实，更关乎教育的目的，关乎谁应该为教育负责。我们这一代人倾向认为，自己是最先对此关注思考的人。但事实远非如此。

被俘获的听众

2006 年 10 月 23 日

古典学专业会带来很多超乎想象的有趣机会让你演说授课。

除了在中小学、大学、早餐俱乐部、博物馆等场所开讲座外，我偶尔还会接到一份更加出乎意料的临时工作。比如，我最近喜欢的活动是在科利瑟姆剧院演出前进行讲谈［让观众先接触，比如，塞墨勒（Semele）神话，然后再欣赏韩德尔（Handel）关于此神话的作品］，以及做客精彩的"财政女性小组"（尽管这更多是因为我是一名女学者，而非因为我是古典学者）。

但是，给我记忆最深的，是有几次给一所重刑犯监狱的犯人开讲座。讲座上气氛热烈，大家都很投入。可能是因为这是他们为数不多的能与外界面对面交流的机会，所以他们认真听讲，比普通听众专注得多——后者中半数都在发愁，愁在你讲完后，是否能顺利搭上公交或者是否有时间去超市，能否见到女朋友。而这些，对狱中的囚犯而言，根本就不用担忧。

正如我所预料的，果然有同事忍不住开起了玩笑，称他们为被俘获的听众。

有一次，我给他们讲罗马角斗士与罗马竞技场上的残暴。没多久，就有人敏锐地想到，我描述的这种恐怖事件，可能会发生在他们身上，因为作为犯人，如果生活在古典时代，这就是他们的下场。确实如此。但是，真正令他们吃惊的是，罗马人一般不使用拘役作为惩罚。罗马监狱只会关押等待审判或是等待执行死刑的犯人。事实上，欧洲过去许多地方也是如此，但是18世纪开始，判处拘役变为常态。

我抑制住冲动，没对他们说出自己的真实想法——就像我们现在看罗马的角斗一样，两千年后的未来历史学家们也一定会觉得我们这代人对监禁的依赖很奇怪吧。

当然，他们会想到，一些罪犯对其他人造成了极大的威胁。

但是，究竟是什么让一个高度发展的社会，将那些甚至不会造成人身危害的人，和其他罪犯一起拘禁在这狭小的地方——这些人中大约有 75%（出乎意料吧）会在两年内再次犯罪？他们怎么能没发现，这是一个再次（而非预防）犯罪机制，而且这样做成本也过高？将犯人拘禁狱中一年，会花费大量的资金，远远超过普通人一年的收入。

主要责任并不在监狱工作人员。我遇上的监狱教育部门工作者，他们在工作中不畏艰难，尽力帮助一些人获得减刑、假释。但是他们有时候真的爱莫能助，犯人从一个监狱到另一个监狱，频繁流动，这让其持续接受教育困难重重。总体来说，监狱服务看起来已经做到尽其所能的出色了，如果你看到他们为犯人出版文学等，就能感受到——即使内容有时并无意义。（"犯人逐渐可以获得享有狱中电视的权利，但是你所在的监狱或许目前还无法推广。"我认为，这句话听起来有点不舒服，就像航空公司发布的通知一样，"如果飞机餐饮供应不合您的口味，我们对此深表歉意……"）

只有在公众和小报媒体都相信，拘役不是最好的解决方式时，现状才会改变。这也需要一位内政大臣比数十年来其他任职者多费精力，开阔视野。

罗马人在托加长袍内穿什么？

2006 年 10 月 27 日

如果你在牛津剑桥任教，就会习惯人们经常性对"牛津剑桥面试"感到的愤怒不满。几个月前，我发表了一篇博客文，因为有传言称我们这些老师全是一群上层阶级的蠢货，我们在面试中挑选和自己一样蠢的学生，那篇博客文正是为回应此传言。不管怎么看，该说法都是谬论。

就在最近，这样的说法又变着法出现，内容是我们在面试中会提出古怪、迂腐——潜在意思是——有失公平的问题。而目的是为了让这些可怜的面试者羞愧难当、局促不安。媒体将这样的问题全部曝光了，甚至《今日》栏目都有报道。"牛储存了世界上百分之多少的水？"（兽医学，剑桥大学）、"你酷吗？"（哲学、政治学、经济学，牛津大学）、"宇宙飞船内为什么不能点燃蜡烛？"（物理学，牛津大学）《伦敦旗帜晚报》（*Evening Standard*）甚至搬出一些知名人士，让他们尝试回答这样的问题——回答状况不容乐观。

媒体没有挖掘到的头条是，将这些问题曝光的调查乃是某家公司委托进行并加以炒作的，而该公司的主要业务就是帮助潜在的学生备战牛津、剑桥面试，并以此牟利。在他们看来，没有什么比煽动一些媒体恐慌更好的了，这样他们就可以让紧张焦虑的孩子（和压力过大的父母）为获得"专家"的建议而买单。

我希望，我给出的面试建议能让孩子们感到安慰。更重要的是，我的建议不收费。

首先，任何参加面试的学生，需要记住的是我们面试考官是希望录取学生而非拒绝学生的。当然，对这些孩子而言，事实好像并非如此，因为他们只能被动地接受结果。我们也确实接到远超过招收名额的申请数量。所以不是所有人都能顺利被录取。尽管如此，在面试时，我们尽力让所有面试者都能展示出自己最好的一面。我们希望看见他们的亮点而不是缺点。

有时候，面试方式也会偏离常规，比如会出现一些稀奇古怪的问题。每位面试考官都会告诉你，准备过头和准备不足对面试者一样不利。我经常坐那里听他们满腹自信，就着背好的讲稿滔滔不绝，大谈维吉尔六音步诗的绝妙之处，大谈斯巴达打赢伯罗奔尼撒战争的原因。有时抛给面试者一条古怪的问题（"那么你认为罗马人在托加长袍内穿了什么呢？"）是我们能救他们的唯一办法——给学生一个机会，展示独立思考的能力，而非仅仅展示提前预备的讲稿。

所以对那些准备面试本专业的学生，我会提一条怎样的建议呢？比起昂贵的专家"包装"，这条建议便宜得多——我会建议你去买（或借）本书，关于古典世界任何一个令你感兴趣的方面，避开老师上课的主线部分。换句话说，你要超越课堂上的内容。读这本书，记住书名（只记得书籍的护封颜色，这样的面试者数量多到让你吃惊），准备好关于介绍本书内容的提问，但是不要提前背下答案，谨记。

欣慰的是，这项面试调查中，未受到太多媒体关注的方面还是反映了一些真实情况。显然，读过密尔（Mill）《功利主义》（*Utilitarianism*）的哲学面试者，大约40%都被录取了……经常读《经济学人》（*Economist*）的（任何学科）面试者，录取率高达75%。

顺便一提，我觉得今年我应该不会面试考生。所以大家请不要花费时间试图找出罗马人在托加长袍内究竟穿了什么。此外，虽然我很想问这个问题，但实际上从未问过。其实，我认为我们也找不出答案。但是，假如我真的这么问了，问题的关键（除了打断喋喋不休的背诵讲稿）就是看面试者能否跳出我们对古典时期的知识空白，想想怎么做才能弥补这个空白。如此，这个问题便不是一个"陷阱"了。

评论

是不是瑟布里加克勒姆（Subligaculum），也就是我母校编的袖珍字典中译为"遮羞布"的东西？快！告诉我事实！

——大卫·柯万

大卫，我不能说你说的不对。但是，因为总是要穿这样的东西，所以译成"遮羞布"也无可厚非了。这词听起来年代久远，有点希罗意味（毕竟我们现在不围）……但是我们对它的真实样式有什么概念呢？我们是否听过有人提起他脱掉"瑟布里加克勒姆"？这是个难题。

——玛丽

西塞罗（Cicero）说过（如果我对他的解读没错的话），舞台剧演员上台前都要围上瑟布里加克勒姆。

——大卫·柯万

西塞罗似乎暗示，如果演员上台没围上底布，一旦发生身体部位暴露，会被视为不合宜，这也是他们围上底布的原因。或许这样的情况不会发生在像西塞罗那样正直优秀的公民身上。同时，以防别人抢先，让我先说下皮亚扎—阿尔梅里纳的镶嵌画（Piazza Hrmerina masaics），上面的女子都穿着"比基尼泳裤"。

——宾利

当然，如果你用铁拳统治外界，那么在托加长袍内，你可以怎么高兴怎么穿。

——本杰明·沃伦

难道看不出来吗，托加长袍内穿什么这个问题，正是面试的不公平之处！

你们把真正的面试问题（"从某种程度上而言，我们对古典时代的认识有什么不足，我们又该如何克服这些不足？"），隐含在离谱怪异的形式下，你们把结果留给运气裁判，看学生是否敢于克服对面试的焦虑，完全放松下来，回答你们隐含的问题。

多少聪明、天赋极高的学生，只会觉得："哦，天呐，这种剑桥大学面试问题根本没办法回答！"有多少学生因此距离录取越来越远？

看在上帝的份上，录取结果并不是这样隐晦写出的，那么你们究竟为什么要这样提问呢？请把问题对这些预科生阐述清楚，他们可能认为这是对人生最具决定性意义的重要时刻（不管这样的想法正确与否）。

你大段的解释和诡辩的例子之间存在着荒唐的区别，让人只想如此回应："直接问出你想要他们回答的讨厌问题吧！"

——非常讨厌这种问题的人

十字圣号

2006 年 11 月 6 日

听到坎特伯雷大主教与约翰·汉弗莱斯（John Humphrys）在后者的电台节目中正面交锋，我简直无法相信我的耳朵。

对于不了解 BBC 广播四台精彩之处的读者，我解释一下，汉弗莱斯——《今日》栏目的罗威纳警卫犬，一位对宗教持怀疑论的人——做了一档新节目，他决定采访宗教领袖们，看看他们是否有充分的理由说服自己皈依。节目的一个亮点在于，看看汉弗莱斯对这些庄严的神职人员是否像通常对某个倒霉的次长那样咄咄逼人。"我想理清楚。你刚才居然说上帝没有胡子。"

第一位上节目的嘉宾是罗云·威廉斯（Rowan Williams）。他才华横溢，曾在剑桥授课，也曾在牛津主事，之后就将重心转向宗教事业了。采访给人的感觉其实更像是剑桥导师答疑解惑，而非《今日》栏目的拷问。但是威廉斯多次陷入窘境。

威廉斯几乎就要脱口而出，否认历史上有过假借基督教名义造成严重后果的暴力事件，但他最终还是选择承认"十字军东征"是个"不太好的事件"——这是对事实轻描淡写的经典手法。他确实不敢告诉咄咄逼人的汉弗莱斯，除非改过自己的信仰方式，否则根据宗教戒律，你很可能会在死后下炼狱。

但这不是我真正感兴趣的方面。我好奇的是，威廉斯对罗马帝国的异教徒和基督教徒关系做何解释，该话题与我的学术方向相近。

他被问到基督教徒是否有过将自己的信仰强加给人的历史，威廉斯似乎认为早期的教会比现今的教会更让人安心。我记得

（也借鉴了 BBC 网站的版本）他说的是：

早期的教会生活是这样的。在希腊罗马时代，教会让人皈依时并非只是说"这是真理。你们必须相信这个真理"。他们说的是，"你看，这是你的观点，有趣的是，这和我们的观点相互呼应。并且，如果我们细细探讨，你肯定会发现你的观点，在我们的观点之内会有更好更全面的表述"。

如果这是威廉斯对基督教徒与异教徒关系的看法（或者，我们是否应该减少偏见，称呼后者为"多神论者"？），那么他与我读的早期基督教文献肯定不是同一篇。或许，存在一些高尚的基督教义以这种方式看待差异。圣奥古斯丁（St. Augustine）就喜欢研究古典的罗马文化（尤其喜欢西塞罗）。但是大多数留存的资料都混杂着惊恐的愤怒（对向罗马皇帝献上动物祭品等观点）以及愚弄的嘲讽（比如，对各种邪恶神明的勾当）。

威廉斯必然读过这些内容！那么，他是忘记了德尔图良（Tertullian）这位强硬派基督教神学家的文字吗？这个人肯定跟传统的多神教主义毫无交集。难道他也忘记了那个更有感染力的米纽修斯·费利克斯（Minucius Felix）吗？米纽修斯讲了一系列笑话，来嘲笑有许多神拥有人形的说法是多么荒唐。还是威廉斯也记不清异教徒对此做出的反应？尽管这种反应不像我们经常认为的那样是一种持续性的迫害，但是一些基督教徒最后确实被当成了狮子的腹中之物。

古希腊罗马普世教会合一的友爱观点，恐怕，与大主教本人在学术上的博识大度有很大关系，但与信奉原教旨主义的早期基督教徒、他们鱼龙混杂的群体所想与实践的东西或是一些被罗马人视为古代版圣战的活动，均毫无干系。

评论

　　总是很乐意看到大主教内裤掉到脚踝……他声称自己对宗教现状感到满意，称现状仍如"一开始"那般。这不是一种少见的手段。如果对历史编纂学研究得当，视其为修辞学的分支，那么这种行为就会有一个名称。或者，也许已经有了？

——SW. 福斯卡

　　我长期背井离乡，待在美国，所以没听大主教的这期节目，但我必须说，你所引用的罗云·威廉斯的话，对我来说，似乎恰好概括了尤西比厄斯（Eusebius）的大作《福音的准备》（*Praeparatio Evangelica*），这位作者在威廉斯的书《阿利乌教派：异端与传统》（*Arius: Heresy and Tradition*）中频频出现（属于描写阿利乌信徒争论的少数几篇介绍，既有学究气又具有可读性）。尤西比厄斯与那句威廉斯博士的话语，都与异教徒的所说有关，与他们的行为无关。比尔德教授，您自己的杰作则一直在关注罗马人做了什么，还认为基督徒（情有可原？）当时竟然那么不理性，宁愿献出生命、接受惩罚，也不愿承认诸神。

——奥利弗·尼科尔森

乔治·布什之悲剧

2006 年 11 月 13 日

　　古典学者必须抓住所有可能的机会，开辟或是守住自己的学科领域在知识地图上的疆域领土。所以，在《今日》栏目的一位男士友好地打电话询问我是否愿意将乔治·布什的命运比作某部希腊悲剧时,我是无法拒绝的。

因为几乎在萨达姆被判处极刑的同一周,他也(虽然间接地)给布什的中期选举当头一棒。实际上这就是希腊戏剧家提到的悲剧性转折,所以我立即同意撰写一篇3分钟的电台稿件。

但是,我应该选哪种古典悲剧才最符合布什的人设呢?

在这种时候,我的同事确实很体贴。其实,如果他们说:"你想在国家电台上出风头,没问题……但别指望我们救你于水火。"我也可以理解。但是实际上,大家都很乐意伸出援手,对此问题的讨论也很快收获了一些有用的初步结果。

我有想过运用索福克勒斯(Sophocles)的《俄狄浦斯王》(*Oedipus*)。古代版路怒事件中,俄狄浦斯意外杀死了自己离散多年的父亲,又无意间娶了自己的母亲,等到真相大白后,他彻底被击垮了。但是杀父比喻似乎会尴尬地卷入老布什,也会让形势更为混乱。

索福克勒斯的《特拉基斯妇女》(*Trachiniae*)似乎更为合适。故事关于赫拉克利斯(Heracles)杀死半人半马的涅索斯(Nessos)〔涅索斯欲图调戏赫拉克利斯之妻得伊阿尼拉(Deianeira)〕。涅索斯死后,给了得伊阿尼拉自己身上的几滴血,谎称自己的血可以让她丈夫不再爱上别人。后来,当赫拉克利斯背叛她时,得伊阿尼拉用了此血,却不幸毒死了自己的丈夫。用此典故的弊端在于鲜有人了解古老的《特拉基斯妇女》典故,在3分钟的讲稿内单是把它解释清楚,就没多少时间分析布什了。

在学院午餐时间,我们对此事进行了探讨,于是,我最终选定欧里庇得斯(Euripides)之著《酒神的伴侣》(*Bacchae*)。

其中的悲剧转折贴切又不会引起误解：底比斯国王彭透斯（Pentheus）判处酒神狄俄倪索斯（Dionysos）（化装成陌生的吕底亚人）死刑，因为酒神奇异的东方宗教影响了该城的女性，诱导她们漫游野外山中。但是这位陌生人，即乔装的狄俄倪索斯，神奇地破狱而出，他还鼓励彭透斯到大山中亲自瞧个究竟。但在那里，彭透斯被他自己母亲带领的一群女人撕裂了四肢。

萨达姆确实不是乔装的神。但是《酒神的伴侣》的部分特点较好地反映了布什问题：东西方的矛盾冲突确有人为因素。底比斯睿智的老政治家建议彭透斯，不要诉诸武力（最好是通过沟通，利用谈判解决）。故事结果归咎于彭透斯在自身的文化习惯之外，不愿意哪怕仅是尝试去理解别人的文化习俗。

这个想法是在周日早晨想出来的，那时整个国家还沉浸在睡眠之中，而《今日》栏目的"今日思想"环节也即将开始。（事实上，是我的丈夫认为"今日思想"即将开始，他当时还躺在床上呢。）但是，我想知道是否有人能想到一个更好的说法。老实说，你们觉得我的想法让你们满意吗？

评论

我通常不能理解这种行为，靠舞文弄墨搬出史诗光环，欲图化解公众必然产生的不满情绪。我宁愿静静地凝视他们，不会不得体地同情或是夸耀他们。目前的处境,让我想起动画片《猫和老鼠》而非欧里庇得斯。

——SW. 福斯卡

我很惊讶，你居然没有选择与特洛伊战争有关的典故——

《阿伽门农》（Agamemnon）[克吕泰涅斯特拉（Clytemnestra）可能象征寻求复仇的民主党人士] 或《特洛伊妇女》（Women of Troy）。

——保罗·斯蒂普勒斯

难道不该选埃斯库罗斯（Aeschylus）的《波斯人》（Persae）？庞大帝国的独裁君主看到自己的部队被一个（他眼中）微不足道的无政府主义（他视为的）共和人士所击溃，后者干涉他的帝国内政，烧毁他的城市（萨迪斯），因而引起他的愤怒。

——大卫·柯万

在金字塔撒尿

2006年12月22日

如果你深入金字塔内部探险，如同我在埃及"度假"时那般，你就会发现，金字塔内室散发着阵阵强烈的尿味。我猜，该行为无疑亵渎神灵。但这也确实促使游客更快地掉头离开内室。虽然这样，但金字塔总体来说还是带给我们许多惊喜的。它能给予我们获得快感（或罪过）的可能性，而这种快感在回去后肯定是会被禁止的。首先我要说的是，与其他很多"世界奇迹"不同，金字塔不会令人失望。毋庸置疑，它们巨大无比，并且，至少当你从某个方向看去时，它们就耸立在人迹罕至的沙漠之中，处处给你一种与世隔绝的感觉。

在这里，我不鼓励游客参观另一条路径。因为在那里，金字塔偌大的身影不是出现在骆驼漫走的沙漠，而是在开罗的郊区，甚至是位于肯德基（金字塔店）颜色醒目的门口。如果去往楼上，你会发现还有必胜客。

但是，除了气味，最棒的环节就是爬入胡夫金字塔的墓室内部。这是英国健康与安全的相关法规很早之前就禁止的行为。坡道很陡，你只能抓着扶手，踩着木质地板。天气酷热难耐，即便12月也是如此。有好长一段路，你必须蹲下，几乎是要匍匐通过矮矮的廊道，才能到达金字塔的心脏。

如果摔下来了，天知道会发生什么。可以看到，这里并没有除颤器、警报等保姆国家的器械设备。相形之下，英国政府的某项安全风险评估禁止一般游客触摸巨石阵的石头（担心石头会倒？），只允许我们与景点保持着安全但无聊的距离，然后直瞪瞪地用眼睛看。

这并不是说埃及文物部管理下的金字塔之旅比游览巨石阵更加简单便捷。你需要先买门票才能进入主区，还得通过金属探测器，由携带枪支的旅游警察护送着。（埃及是个活跃的警察国度，给出的理由也很合理，正如他们说的："为了您的安全，先生。"）在你爬上真正的金字塔入口时，他们会告诉你，如果你想进入塔内参观，需要在新的地方再次购买门票。而当你再次准备进入塔内时，他们才会告诉你不能携带相机进入。显然，这意味着要把珍贵的相机放在小架子上（我们去的时候，发现那里只放了一台破旧的相机，是破旧相机的休息地）。所以，你必须再爬下来，把相机放进车内——或者，和我们一样，将相机装进化妆包中混进去。

而想要顺利完成这一切，你还需要躲避来自世界上各个角落、死缠硬磨的兜售者（还有骆驼）。事实上，他们葫芦里卖的什么药我们并不清楚，但是那肯定不是什么好事。我们的司机，像焦急的父母，带了群没心没肺的孩子。他坚持让我们不要同任何人说话，别在纪念碑后面闲逛（那里可能有更厉害的诡计等候），他也让我们别租用见到的第一位贝多因人带来的第一头骆驼。

虽然这样，这里也有着可能是我见过的最让人印象深刻的画面。12月是最佳观赏期。除了几位无畏的欧洲人外，大部分游客都是当地的学生。小女孩们戴着头纱和头巾，穿过廊道时汗流浃背。但是她们（主要是由于他们老师的无知）认为我们比这些古迹，更风情怪异，也更适合留在相机中。

评论

里面强烈的尿味（氨味），我认为，有可能是蝙蝠所为，而非人类排泄所致。

——AJM

沙滩上的性爱

2006 年 12 月 29 日

今年我抽中的圣诞礼物是件特别精美的鸡尾酒调酒器，外加所有的酒具。我指的真的是所有：四个握柄会发光的马丁尼杯子（从玛莎百货是买不到的），鸡尾酒调制指南，一瓶君度，一瓶龙舌兰（如果不是要调制鸡尾酒，谁家会放瓶龙舌兰？）。

此外，为了凑齐一整套，里面还放了12个青柠（同上，青柠也是为龙舌兰准备的）。

老实说，泡在图书馆一整天后，我确实需要喝杯烈酒。所以这个圣诞节，我没有选择金汤宁，也没打算喝上一两杯白葡萄酒，而是品尝了蓝色潟湖鸡尾酒和莫斯科骡子鸡尾酒。

我喜欢鸡尾酒所展现出来的艺术感。我们根本看不出调制鸡尾酒的"原料"。事实上，调制鸡尾酒就是为了尽可能让你辨不出"原料"的样子和味道。我的意思是，加入蓝橙利口酒，目的不就是为了让某种无色的酒闪动着撩人的蓝色。当然，它也丰富了酒的成分，但这种功能即使它不是蓝的也能做到。

鸡尾酒的调制搭配还特别自由。好吧，有些组合确实看起来怪怪的。能调制好一杯好喝的干曼哈顿的人，可能会对蒂华纳出租嗤之以鼻。而调制马丁尼则显得有点势利（虽然甚至连最新的詹姆士·邦德电影，都在取笑"摇晃还是搅拌"这个谜团）。然而，鸡尾酒的调制并不神秘。你不必对它们嗤之以鼻，也不必拿来当作一年的谈资。你负责喝就好啦。如果你喜欢这个味道，可以再来一杯，如果不喜欢这个味道，换个搭配就好了。

鸡尾酒的历史略微神秘。19世纪前肯定没有鸡尾酒。有一条有力线索表明，鸡尾酒的流行是出于在禁酒令时期，掩饰家中自制酒的怪味。前几天晚上，我喝着第二杯玛格丽特时，不禁想到，古罗马人（富人，这是无疑的）要是知道鸡尾酒的迷人，定会对此爱不释手。

新鲜的是，罗马人对酒知之甚少。他们经常把葡萄酒和蜂蜜水混合，或者单纯地加蜂蜜或水，对于葡萄酒的年限，他们并不在乎（除非他们举办某场重大的政治盛宴）。就我所知，罗马人并未发明可以用来饮用的烈酒。由于此般无知，古罗马人认为蒸馏唯一的用途就是工业清洁。

不过，鸡尾酒的颜色定会赢得那些对晚宴煞费苦心的（坏）皇帝欢心。在1世纪80年代，罗马皇帝图密善（Domitian）举办了一场盛大的"黑色晚宴"——不仅依据颜色给食物分类，连侍者的肤色都没放过。更妙的是我个人最喜欢的皇帝埃拉伽巴路斯（Elagabalus，218—222年在位）。他几乎做尽所有坏皇帝会做的事情（甚至传说他接受过变性手术）。但是，他最擅长的还是办宴会。除了惯常的铺撒玫瑰花瓣之技外（花瓣撒得太多，香味甚至让客人感到窒息），据说他尤其中意举办"主题"晚宴。整个夏季，他每天都会举办个不同颜色的宴会，从绿色，到另一种"彩虹"色，再到蓝色。

想想如果在这一切中加上蓝色潟湖、绿色圣·帕特里克节，再搭配着薄荷甜酒、荨麻酒、威士忌和安哥斯图娜苦酒，他的喜悦之情或许会溢于言表。

（顺便说下，如果你因为被本篇博客的标题所吸引前来阅读的话，我猜你现在能想到，我说的"沙滩上的性爱"，指的是鸡尾酒：1盎司桃子杜松子酒，3~4盎司伏特加，上面放上蔓越莓，再浇上橙汁……）

第 2 编

2007 年

考试越来越难——震惊

2007年1月16日

昨天，我收到一件有趣的礼物。这是几张1901—1902年间，纽纳姆学院古典学专业某位学生的试卷。我之前就看过原始试卷，因为剑桥大学图书馆藏有丰富的此类卷宗。但是，真正触摸到考场中直接拿来的试卷还是带给我冲击感。试卷中还有这位可怜的学生（八九不离十吧）留下的血水、汗水和泪水吧。

很难不去问自己一个明摆着的问题：过去的学位考试真的比现在学生参加的考试难很多吗，就像评论员消极论述的那般？

19世纪末20世纪初，古典教育十分严苛。好吧，首先把对那段光辉岁月的浪漫怀旧搁置一旁。好消息是，我们的大学生，在21世纪初，其实面临着更为艰巨的挑战。

我承认，过去的试卷令人望而生畏（我认为与印刷紧凑有关），而且一天需要连着考两场3小时的考试，疲倦无比（我们的学生现在一天只考一门）。过去学生必须要博闻强识。但日前还没有充分证据表明，这样的考试需要大量思考。想象一下，聪慧拔尖、名列前茅的古典学专业生，在剑桥修了三年，坐在考场上答题："写出宙克西斯（Zeuxis）、蒂曼西斯（Timanthes）、尼西阿斯（Nikias）、蒂莫马涝（Timomachos）的主要作品"〔一道关于古代画作的问题，只需要知道老普林尼（Pliny）写的相关段落〕又或是"用草图描述罗马的马克西穆斯竞技场"。

我最喜欢一道关于"锁与钥匙"的题目："简要描述，古典时期钥匙和锁可能存在的变迁。"

现在想来或许有趣：一届届学生，临时抱佛脚，研究古代版耶鲁锁具的工作原理。但是现在的孩子，在考试中需要进行更多思考。去年的试卷上有道题："过去宗教在管控性行为中，扮演着什么角色。"这题会让1901—1902级的学生困惑万分，因为答案不是固定明确的。现在的试题也十分敏感："在古典时期，外表美在希腊人看来是美德吗？"

不过你可能会好奇，那时更具专业性的语言学考试是怎样的呢？该考试虽然也会涉及现代式的"开放性思考题"，但是100年前的学生肯定需要做很多高难度的拉丁语、希腊语翻译练习。

重申一下，我不敢肯定过去的试卷比我们现在难很多。但过去的试卷中确实题量很大，所以学生们必须飞速答题。他们的翻译题段落摘选自古代的作品，但是选取的内容与现在相比并没有太大不同。事实上，1901—1902年间试卷中选取的西塞罗文段，与去年考试内容几乎相同。

最有趣的莫过于对比过去学生与现在学生需要译成拉丁文与希腊文的内容。将英语译成古典语的散文和诗歌，是一百年前古典学学位考试的主要内容。现在这并非考核重点了，但仍是许多学生青睐的选项（尤其是选择译成散文——因为诗歌更为晦涩）。

1901—1902年的试卷充斥着贝克莱（Berkeley）主教之类人的文章段落，学生们需要将其翻译成拉丁文。还有一些丁尼生（Tennyson）和德莱顿（Dryden）的经典作品需要译成诗歌。而去年，我们的翻译考试更有意思。学生需要将谢默斯·希尼（Seamus Heaney）和大卫·鲍伊（David Bowie）的作品译成希腊语和拉丁语的诗歌。

当然，对比现在与数十年前的试卷有些冒险，尤其是（比如1901—1902年的试卷）在我们只知问题不知答案时。（或许锁和钥匙一题上的答案会让我震惊。）但是，对那些认为古典学标准或者大学标准已经与过去不可同日而语的人来说，本文并没有什么恶意。

希腊罗马的种族主义

2007年1月22日

我实际上并没有看杰德·古迪（Jade Goody）及其朋友攻击印度演员希尔柏·谢迪（Shilpa Shetty）的视频。但是，现在已经无法阻止对此事真实情况无休止的后续争论了。这是可怕的种族主义？阶级战争的插曲？残忍的欺压？或者只是对外国人纯粹的仇恨（虽然令人不悦，但不一定是种族主义）？

这一切居然让我想起关于希腊罗马世界是否存在种族主义的辩论。

毫无疑问，他们经常对外来人不友好。"野蛮人"一词从"巴巴人"演变而来（此类人发出的声音是难以辨识的"巴巴"），该词就是希腊人的杰作。但是，希罗社会的文化认同感都有些偏执，因为他们的行为在我们现在看来，就是对不同于自己的任何人都抱有怀疑。换句话说，仇外心理重。

人们认为外国人有很多奇怪的习惯，包括特殊的饮食习惯（不仅仅是吃青蛙腿或印度飞饼，还有最糟糕的食人风俗）、奇怪的卫生制度（女性站立小便受到较大关注，会被视为奇事或遭到鄙视）、颠倒的性爱和性别观念（女性主导）。

希腊人把波斯人描绘得令人轻蔑，后者穿着裤子、精神颓废，是擦了太多香水的懦夫。于是，罗马人也紧随其后，除了裤子的部分，他对希腊人的评价几乎如出一辙：这是一个很好的例子，给希腊人一剂自己开的药，以其人之道，还治其人之身。

但是，令人惊讶的是，一般认为，希腊人和罗马人均不介意肤色。这是个"肤色歧视未出现前"的时代啊。

当时的人似乎不会基于人的肤色，来区分社会、文化或智力高低。奴隶主不会依据自己的种族和肤色，把自己的全部归为奴隶阶级。事实上，究竟有何种肤色的民族，不同肤色的民族数量有多少，这对多元民族文化的罗马帝国而言，都是谜团。2世纪，塞普蒂米乌斯·塞维鲁皇帝（Septimius Severus）来自现在的利比亚，他或许不是黑人（虽然有时此观点仍会引起争议），但是可能也没有像其大理石半身像看起来那样白皙。

有关古典世界的典故中，也暗示了一组非常不同的黑白肤色设想。3世纪有位来自叙利亚地带的希腊作家赫里奥多拉斯（Heliodorus），他写了《埃修匹加》（*Aethiopica*）［亦称《伊昔欧比亚人的故事》（*Ethiopian Story*）］，其中有段奇妙的故事，与该主题相关。派尔希瑙（Persinna）是埃塞俄比亚的黑人皇后，她的丈夫也是位黑人，但两人生下的女儿是位白人。她如何为自己辩护呢？她说自己在怀孕时一直在看一张（白人）安德洛墨达（Andromeda）的画像。

但是一切都如此简单吗？或许不是。最近本杰明·艾萨克（Ben Isaac）出了本书，名为《古典时代种族主义的发明》(The Invention of Racism in Classical Antiquity)。书中称已经确定，古典世界就算没有种族主义，至少也有"原始种族主义"。艾萨克坚持（正如大多数严肃的分析人士一样），种族主义超越了无意的仇外主义。这是一种成型的意识，通过自然或遗传因素，将某些人视为绝对的劣等群体。在现代社会，主要的自然特征就是肤色。

而古典世界并非如此。但艾萨克认为，他可以区分出一些同样决定性（和种族主义）的特征，与其他自然特征不同。对他而言，古人不存在肤色偏见。但是，他们存在地域和环境偏见。粗略来说，他指责希腊人和罗马人是"原始种族主义者"，因为他们认为某些种族的品行会受自身居住的（劣等）环境和气候——例如，北欧的雨雾——的影响并固化，因而也就不可避免地成了劣等民族。

我不确定自己是否信服这种解释。但是如果这种关于古典世界和可能存在何种种族主义之辞，能解决关于杰德·古蒂及其过错的激烈争议，该解释才更有意义。

评论

无论作何解读，杰德·古迪事件与种族主义完全无关。[除非有人像我一样认同诺曼·梅勒（Norman Mailer）的观点，即英国的阶级观念就是种族主义的表现形式。] 本质上，这是一个典型的英式欺凌的例子。欺凌者其貌不扬、能力不高、阶级较低（无论个人财富多少），被内心的悲剧色彩驱使着。显而易见，这个窘困的国家现在进行"种族主义"式的谴责，实则是试图将英式生活中这一令人痛苦的社会事实，引向种族这个比较安全的领域而已。

——真理之王

无献祭的异教信仰

2007年1月26日

研究古典时代"异教"信仰的好处之一，就是现在没人真正信仰它了。（当然，这里的"异教徒"带引号，因为那些人不会用该术语来形容自己：它是基督教阵营口中半侮辱性的术语，可能意味着"乡巴佬"或"土包子"等意思。）

谈论异教相对轻松，因为你并不总需要小心该宗教的当代信仰者。每当我课上试图给一群大学生讲解"基督教的兴起"时——经济发展是否给它提供了基础？君士坦丁大帝是否为其提供了体制支持？——我总是惊恐地意识到，部分学生并不认为这个问题值得思考。对他们来说，基督徒战胜异教徒，显然是因为他们的信仰是正确的。就那么简单。

相形之下，异教备受老师青睐。你可以随心所欲地对它进行激烈解剖。你甚至可以声称宙斯（Zeus）、阿芙洛狄忒（Aphrodite）等神明实际上并不存在，无须担心被指控煽起宗教仇恨。

或者说，我是这样认为的。但是上周，一群身着古希腊服装的现代雅典人（他们声称是），忽然出现在雅典奥林匹亚宙斯神庙，祈祷宙斯实现世界和平，并举行仪式庆祝宙斯与赫拉的结合。几个月前他们的宗教组织身份，才刚获得希腊政府的正式承认。

初看，这对我来说并不是什么好消息。但仔细观察后，我发现其实不必担心。

我们并不完全清楚该组织（Ellenais）的信仰，但显而易见的是，无论他们说什么，都与古希腊宗教关系甚微。从祈祷者相当可笑地向宙斯祈求世界和平，你就已经可以看出这一点了。用古典视角看，无论神话中如何兜售"奥林匹克休战"，都不太可能出现一位阻止这个世界上的战争的神之选民。

据我所知，他们的观点是如此的虚幻，竟希望在异教众神的庇佑下，与自然和谐共处。（除了祈祷宙斯捍卫和平，他们还祈祷降雨。）这不是虔诚的异教信仰者会如此大费周章追求之事。

但更为重要的是这种宗教复兴中缺少的东西。诚然，上周参拜者奠酒祭神，于铜鼎焚香。不过动物献祭去哪了？

几乎所有研究古希腊宗教的人都坚信，整个宗教体系的核心在于祭祀：如果有什么东西能界定古代信徒的话，那么这种"信仰之物"一定就是宰杀和献祭动物的仪式。古希腊人通过献祭（而不是生态），来定义他们自己在世界上的地位，来区分于动物以及超越人上的神灵。

在这些热切的新异教徒于雅典城中进行真正的仪式，屠杀完一两头牛之前，我不会担心他们与古典宗教有任何关系。目前，这只是不值得一提的异教主义。

评论

玛丽，你肯定忘记亚里士多德《物理学》（Physics）第二章第8节（198b 17~18）的内容："就像宙斯下雨方便种植庄稼……"这句话的含义（以及亚里士多德本人是否相信）有待商榷，但是认为有人可能祈祷宙斯在正确的时间下雨，这解释似乎也合理。

——詹姆士

你听起来像是喜欢从前的百牛大祭……

至于埃列耐教（Ellenais），整个故事我最喜欢的部分是希腊东正教发言人的说法，他称那些人是"几个信仰渐衰远逝宗教的可怜复兴者，希望回到幻想中可怕暗黑的过去"。

在英格兰圣公会说出大串烦冗的内容后，我只喜欢听那些逻辑清晰、语言明了的神职人员布道……

——后博主

玛丽知道她在复述大约一个世纪前吉尔伯特·基思·切斯特顿（G. K. Chesterton）原创的一则评论吗？我现在找不到他的原话，但他在自己的某篇文章中写过一个评论，差不多是说："有些人说异教在逐渐复辟：当议会召开的仪式改为在威斯敏斯特宫台阶上举行白牛献祭，我才会相信异教复辟了。"

——大卫·柯万

厕所在哪？

2007 年 3 月 20 日

许多剑桥的学院，约莫 20 年前，就已经施行"混合性别教育"了。但现在，他们仍然保留着许多出乎意料的男权角落。其中最令人发指的，就是女厕所的位置。

想象一下。刚吃完晚饭，你正坐在院士们常用的高级公共休息室中。你像往常一样，问起女洗手间在哪。尽管 AA 路线图以及指南针已经被发明，答复还是可能会让你焦虑。路线一般显示，你需要冒雨走进院中，再进入另一间方庭，爬上楼梯后找到左边的第三个门口。之后你只会发现这样一套卫具，可以肯定这一定比男厕所的差劲，而且几乎从各个角度看都不"方便"。

老实说，一些大学的厕所稍微合理些。而我的大学，我承认，对男性的如厕需求差不多同样不重视。但通常情况下，在啄食顺序中，女厕所等级次于男厕所。

我一直不理解大学这样的地方中，究竟为什么一定要用单性别洗手间（深夜的国王十字车站可能又是另一回事）。

为什么厕所不能通用呢？

在我胡思乱想得厉害时，我会强烈怀疑，答案与男性小便池有关。因为那里是为数不多的男性能够"排她"交流的地方。男性会在会议中途上厕所，在厕所内进行交心谈话，回来的时候生意就已经洽谈好了。

女性就不能这样做。女厕所是个奇怪的私密场所，原因很简单，因为你永远不知道隔间里锁着的人是谁——看不见，但是可以听到里面说的每个字。几乎每位女性在厕所都有过此经验：高兴地八卦某位女性时，两分钟后这个被八卦者就会出现在洗手池边。

在《艾莉的异想世界》这部古老的电视剧中，总有一些事情不停出现，让艾莉陷入困境。就像过去笑话说的那样：有什么办法确定谁是《艾莉的异想世界》的粉丝吗？答：真正的粉丝肯定会在开始八卦前，先窥视隔间中究竟是谁在用厕所。

让男用小便池变成过去式，让所有人都使用相同的如厕设备，这可能是促进女权和性别平等颇为简单且有创造力的做法。在美国，这样的厕所已经很普及了（事实上，我记得艾莉的厕所是个男女通用厕所）。我们英国人才钟情这种如厕隔离——某种程度上，我们甚至区分老师和学生的厕所。

……那么，罗马人是怎么做的呢？你可能会表示好奇。

呃，在罗马，室内厕所很罕见。但是，庞贝的证据显示，如果厕所存在的话，那很可能位于厨房。厨房供水便捷，并且罗马人对卫生的看法和我们不大相同。最好不要仔细去想后果。

在室外，像浴场这样的地方，有一大排壮观的马桶。尽管这些马桶是否是男女通用的，我想，我们不得而知。

我愿意认为它们是通用的。

评论

　　我认为你无须担心,玛丽。通常情况下,男洗手间都是非常安静的。在方便中途与某个便友交谈,这应该是个禁忌。

——詹姆士

　　詹姆士,我看到你给的信息很高兴!显然,从性别定义上看,我们并不知道异性厕所的习规。不过,我不大相信他们在回到会议室的途中,不会闲谈"我真的认为某博士是最佳候选人"!

——玛丽

　　我不大认可玛丽说牛津大学、剑桥大学中出现的男权问题。在牛津大学,我从大一时住的宿舍出发去厕所需要穿过一个方庭,去洗澡则要穿过两个方庭。

——奥利弗·尼科尔森

　　这让我想起了温斯顿爵士的著名驳词:当继任首相在众议院的厕所问丘吉尔为什么那么不友好时,他答道:"因为你会把见到的任何好东西国有化。"在厕所中的斡旋应该也是这样吧。

——阿瑞丹姆·班迪奥帕迪亚

　　任何声称男性在小便池谈话是禁忌的人,肯定都没怎么待过酒吧。

——马克斯

　　尽管你的博客有些微妙的讽刺意味,但还是涉及两个大事件，备受当代关切。我有一篇关于排泄的论文，即将出版在《古典数学研究》第38卷，2024（3）。我会试着指出，阿基米德（Archimedes）的妻子沿着锡拉丘兹街头追赶他，大喊"你真臭，臭死了"，这一事实无疑证明了在公元前3世纪晚期的西西里，在浴室撒尿是件正常的事。

——弗雷德·奥汉隆

自主火葬

2007年3月27日

死亡的话题往往在古典学研究中扮演着重要角色。古典诗歌和戏剧充斥着谋杀、自杀、暗杀以及备受争议的葬礼。而考古学家们最爱的莫过于有座可以挖掘的墓地。在剑桥大学，我们也给三年级学生开了整整一年关于死亡的课程，从各种可能的角度全面探讨了死亡——从苏格拉底之死到图拉真纪功柱（回到死亡这个有争议的话题，图拉真的骨灰当然就放置在它的柱基里）。

学生首先了解到的是，除了皇帝、几位要人，还有偶尔的新生儿外，罗马人总是被埋在城外。因此罗马城外，像亚壁古道那样的道路，两旁都是墓地。

我们脑海中对英国乡村留有的印象（墓地依偎在铺锦叠翠的村庄旁……），让我们倾向于觉得罗马人的做法有点既古怪又陌生。事实上，剑桥现代的布局也是如此。将火葬场分布在城外，位于通往亨廷登的A14主干道上。

曾几何时，墓地可能是片宁静的绿地。现在，悲痛的亲友们被迫来到这个国家事故最为多发的公路旁（在这方面可能与亚壁古道没太大区别）。我不敢想象，他们如何在葬礼结束之时，泪流满面地穿梭在卡车飞驰而过的车道上。

这种黑色幽默某种程度上简直就可以作为火葬兜售自己的一种方式。

当你年逾50岁时，你会发现自己参加的葬礼比婚礼还要多（或者更直白地说，你的许多同龄人都在老去而非结婚）。上周一，我驱车于A14路去参加一位80多岁去世的老朋友的葬礼。尽管我对路线很熟，但是离开双向车道时，我还是错过了出口，必须要等下一个出口才能返回。所以当我到达教堂时，棺材已经抬进来了。

和往常一样，我一到那里就开始思考整个仪式的流程（逃避行为，我猜）。很难不惊叹这种天衣无缝的仪式安排以及时间对接：上一场葬礼的人群从一个侧门出去，下一拨人随即从前门进入。有些人肯定倾其一生规划他人的葬礼，送上那一瞬间的关怀。偶尔也会出现尴尬的错误，比如错误的吊唁者对着错误的逝者哀悼。

对负责此事的神职人员，我有些矛盾。一方面，我真的佩服得五体投地，因为他们面对一群自己根本不认识的人，能够站出来，甚至着手安排一场恰如其分的葬礼，他们许多人还能表现出无比悲痛之情。

另一方面，我对一些流程并不赞同。我指的不仅是时时在他们表现中流露出的距离感（"我从未见过哈里……"——教会惯常的开场白）。更重要的是，除非你非常坚定地阻止，否则葬礼很可能会默认以基督教义的形式举办。在这种形式下，即使逝者是满腹怀疑的不可知论者，也可能需要接受唱诗班对其的祝福，祝福他升入天国之门另一侧的天堂。只要有一丝可能，善意的牧师甚至会暗示逝者临终前已皈依。"我知道萨拉不去教会，但当我见到她病逝前最后一刻的样子时，我感受到了在其灵性中涌现出对基督的热忱……"当然，基督教仪式对基督徒来说没问题，但是对于那些无法为自己宗教信仰辩护的逝者，或者，对于不清楚逝世祖母究竟如何看待上帝的人而言，仍要求他们遵守这种仪式，那就不太合适了。

我的母亲不信教，在她去世时，我很庆幸自己已经洞悉了这种模式。为寻求改变，我突然很勇敢、特别自信或者说骄傲地决定自己举行这场葬礼。什鲁斯伯里火葬场的殡葬工作人员一开始有点吃惊。葬礼不像婚礼任何人都可以办，想说什么说什么。但是当他们发现不可能说服我时，便给予了我一切需要的援手（甚至包括如何以及何时按下按钮以送进棺木这种内行提示）。

我希望更多的人能自己主导亲人葬礼。

评论

至少你的国家可以选择火葬。在希腊，火葬被视为"违反基督教礼俗"，但因为受到欧盟和宗教自由团体的施压，他们本周才通过法律允许火化。

然而，火葬场必须由市议会负责建立运营，在当地人（即基督教徒）的反对下，我认为火葬场不可能很快投入使用。

——约翰·M

大卫·贝克汉姆的新文身
——一个古典学家写道

2007 年 4 月 18 日

小贝显然认为转会洛杉矶（银河）值得用一两个新文身来纪念。我提起此事，并不是因为洛杉矶银河的未来吸引着我，而是觉得此文身显示了我与他的见解相悖。

明星贝克汉姆右臂上的文身，各式各样，其中有句英文，译自拉丁语的格言："只要他们害怕（我），恨（我）就随他们去吧。"这句话想说的是，或者说我是这样解读的，它表达了小贝对跨洋的焦虑，以及他不会被负面新闻打倒的决心。

那句文身传达的是，我不介意他们是否喜欢我，但是别让他们的闲言碎语扰乱我。或者，引用"一句话"："大卫……相信他的文身可以驱赶所有负面新闻，帮助他战胜对手。"

这句话原本的拉丁文是："Oderint dum metuant"（是拉丁语专业学生学习的范例，帮助大家掌握"dum"式条件句及虚拟语气）。根据《每日邮报》（*Daily Mail*），小贝最初想文上的是拉丁语原文，但是"dum"（意为：假如，只要）这个字眼带来了麻烦（"dum"给人不可一世、刚愎自用之感）。这是否可以被视为贝克汉姆先生心灵敏锐的写照？为了安全起见，最好避免整句拉丁语。

事实上，所有古典学者一定都知道，文上"Oderint dum metuant"或其英语版本是一个乌龙球。而"dum"只是部分原因。

目前我们能够判断，这句话可追溯至公元前 2 世纪，罗马悲剧家阿克齐乌斯（Accius）之笔。虽然几乎所有阿克齐乌斯的作品现在都遗失了，但是可以肯定，这句话源自他的剧本《阿特柔斯》（*Atreus*），出自主角阿特柔斯之口。在古典神话和古典文化中，阿特柔斯国王是少数几个集暴政、丑陋于一体的君王。事实上，他确实是极其少有的特例，像剧中提到的那样，他是个把弟弟堤厄斯忒斯（Thyestes）的几个孩子剁了，炖给弟弟食用的人（除了孩子的手和脚）。

自那时起，这句话开始风靡，被理性、崇尚法制的罗马人用来谴责暴君身上的恶劣行径。西塞罗（Cicero）和塞内加（Seneca）都认为这行为实在无法接受（塞内加挖苦道，这在意料之中，因为阿克齐乌斯的剧本，是在血腥的独裁者苏拉专政时创作的）。

根据苏埃托尼乌斯记载，这句话甚得疯狂邪恶的卡利古拉皇帝（Caligula）欢心——不言自明？这句话流传甚广，以至诡计多端的提比略皇帝（Tiberius），似乎都在刻意戏谑它。面对外界流传着的难听嘲讽，他公然回应："只要他们尊敬我的行为，就让他们恨我去吧。"不含恐怖胁迫之味便是此话传递（有点阴险）的信息。

所以我们的明星英雄文上的这句口号，对其创始者罗马人来说，是过度独裁的显著象征？不言自明？

评论

他在哪儿文的"Pecunia non olet"（金钱无所谓香臭）？

——XJY

奇怪的是，这句话竟然这么早就用错了，甚至西塞罗和塞内加都误解了。最近对中世纪法国阿尔萨斯学者独腿的胡克白（Hucbald）文字的研究清楚表明，这句话并非源自阿克齐乌斯的《阿特柔斯》，而是引自他在农业方面的作品《普剌克西狄刻》（*Praxidica*）。在第二部分的开头，阿克齐乌斯谈到罂粟花，说其"odorant tum metuntur"（编者按：不可译的拉丁语双关）——罂粟花散发出甜味，便是被收割之时。

——迈克尔·布利

莫因布什建藩篱怪罪于哈德良

2007 年 4 月 30 日

布什总统对筑墙有股莫名的爱意（说莫名，是因为位于柏林的众墙之母并未取得任何成效）。在他心中，就算不筑墙的话，那么也至少应该沿着美国和墨西哥长达 3500 公里边境围上铁丝网。而且，除非伊拉克总理努里·马利基（Nouri al-Maliki）设法阻止，否则在巴格达的逊尼派和什叶派区域之间，很快也会筑起混凝土墙，阻止汽车炸弹进入（或外出）。

布什当然不是孤独的。以色列正忙于在约旦河西岸筑起它的隔离墙，部分墙高 8 米，混凝土制。在意大利北部帕多瓦矗立着一堵鲜为人知的墙，它围绕着阿内利（Anelli）居民区的高楼，被用作"打击犯罪的工具"。实际上，上周《卫报》（*Guardian*）找出了近 30 处建成或在建中的现代安全墙。其中，南非和莫桑比克之间的电栅栏杀戮的人数显然已超过柏林墙。

中国的长城可能是众墙祖先之一。但通常，西方人会将矛头回指，越过柏林，对准哈德良皇帝。我们虽然对筑起这些可怕的藩篱表示遗憾，但是在2世纪，确有古典先例：哈德良皇帝试图阻止粗俗的野蛮人进入罗马帝国。这也就是，"哈德良长城"的由来。

恐怕这又是个对古典史的误解。

当然，大众对哈德良长城的印象停留在：冰冷的石块，潮湿的天气，罗马军队经常巡逻的堡垒，时不时被试图穿越国土的当地部落攻击，当然这些攻击总是以失败告终，因为哈德良长城是如此牢固的屏障。

事实上，这种描述对应的绝不是哈德良长城，考古学家几十年都在争辩修建哈德良长城的真实目的。古典文献中有篇与此相关的文章（"筑墙隔离罗马人与野蛮人的，他是第一位"）看起来似乎证实了大众说法。但是，此文出自罗马帝国后期一位荒唐又不可靠的哈德良传记作者之手，他可能和我们一样，根本不了解2世纪究竟发生了什么。

上面的那种解释存在各种问题。首先，长城并不像我们想象的那样是个强大的防御体系。有一两处看起来非常壮观（而这些都是宣传照的通常取景点）。但是，初建该长城时，西部大多并非牢固的砌体结构，只是个简单的草皮壁垒，这样根本威慑不到那些自信强大的野蛮人。此外，哈德良长城若是正式的防御屏障，怎么会有数量多到难以置信的入口呢（80处里堡入口）？

一些现代考古学家认为，我们研究的是一种监管机制，换句话说，哈德良长城旨在控制区域流动的方式，而非试图阻止外侵（可能存在跨境商品征税？）。另一些认为，长城主要用于构建东西部交流的桥梁，而非阻止北方入侵。还有一些认为，主要目的是象征性的：哈德良是不好战争的罗马皇帝，他需要一些军事的权威。还有什么比在崎岖不平的不列颠省构筑几英里的军事砌体更有说服力的呢？

不过最重要的是罗马人看待边界和边境地区的方式。尽管哈德良长城（还有其他几处罗马长城，主要位于德国境内）留给人的印象，是作为帝国与野蛮世界之间的分界线，但是在边境，罗马形象通常更加微妙。罗马帝国在漫长的区域上与"外国"领土交汇融合，常常是不同文化的熔炉，是商贸活动的热地。这是由罗马和非罗马势力分别管辖的整个边境区域的问题，而不只是边界问题。哈德良长城，无论其功能是什么，都是个特例。

布什总统和其他对墙疯狂热衷的政治领导人，或许可以从中受教。

评论

在这荒无人烟的地方，罗马士兵无所事事。有人便想出个主意：为什么不建个长城？——只是为了让士兵有事可干。毕竟，罗马人总是在建什么东西。

——托尼·弗朗西斯

如果哈德良长城的象征作用不亚于实际意义（并且我认为这很有可能），那么它便是布什沿墨西哥边境筑起藩篱的效仿先例，这肯定也是看起来有作为而非实际有所作为。

——托尼·肯

我的解释是"让边界的划分更加显眼"。玛丽提到了很多目的,托尼补充了"恶魔为闲余人手找活干",但所有士兵在那里的首要原因,肯定是为了彰显军队数量之多:只为戍守这样的世界遗弃之角,就可出动如此大量的军队。这还暗示一旦需要,可以再召集到成千上万的士兵。

——XJY

学术权力与男权涌动

2007 年 6 月 5 日

我去听讲座或是研讨会报告时,会希望它能按时结束。如果规定讲话时长 30 分钟,而某教授 45 分钟后仍然喋喋不休,我就会浑身不自在。同样,如果某教授明显观点错误,我会在之后的讨论环节如实相告(以足够礼貌的方式)。

这一切对我来说很"自然"。但实际上,我却了解到,这些反应其实都是英国人特有的。虽然初看之下,世界各地的学术研讨会差不多都相似(一群人侃侃而谈那些大多数人毫不感兴趣的话题),但实际上研讨会受到各种特定文化规则的约束。

例如,第一次在意大利参加学术研讨会时,我不理解为什么主持人不直接让报告者停下来,因为他(或偶尔是她)在时间到时仍然能口若悬河 30 分钟。我也无法理解,为什么其他人可以容忍某位听众发表与报告本身几乎等时长的评论,而且这评论还经常与主题无关。我花了几年时间,才发现在意大利,这反而才是整场研讨会的关键。这里的学术权力主要根据你能为自己占用到的听众时间来决定。如果你的小同事讲了8分钟，而你连10分钟没讲到，那么大家就会认为你正失去学术地位，等等。如果主持人作风严厉、计时不讲情面，那么他不仅会打破研讨会的潜规则，还会破坏整个学术研讨会建构起来的学术权力结构根基。

在英国（或者说至少在剑桥，剑桥可能是英式会议的极端例子），研讨会更简短，或者礼貌点说，更为简洁有力。多少次我听到同事走出研讨会，一个对另一个说"我认为你说得不错"。在这种情况下，"不错"的意思是"用两句轻巧话作为评论，来彻底否定可怜的访问讲者的整篇论文，从而显示出你的能力比她高不少"。

我承认我对这种方式越来越感到矛盾。一方面，我成长于这种模式，现在大半时间仍然接触这种风格。我仍记得自己还是位年轻讲师时，会因为古代史教授基思·霍普金斯（Keith Hopkins）在回应那些报告者无聊论文时表现出来的诙谐睿智而激动不已。霍普金斯教授说："我有三个感想，首先是无聊。"这是种直接、深刻和（我现在会认为）难忘的粗鲁评论。我能肯定，当我也这样评论时，有时确实会带着负罪感。

另一方面，相当明显的是，推动这种研讨方式的力量，不是参与到演讲或论文主题讨论中，而是如孔雀般耀眼地展示自己。评论非常具有男性色彩（即使是由女性说出的）。正如我的一位女同事恰当地描述道，这是"挥舞男权"的行为。诚然，这是一种非意大利式的权力游戏。

尽管如此，美国的研讨会风格也让我感到很迷茫。这里存在（如我在斯坦福大学发现的一样）一些英式风格的例子，但总的来说，大家有序发言，非常礼貌。这并不是说他们对所听的演讲没有太大看法（因为在你之后谈到它时会发现），但是你只要还在研讨会的桌子上，听到的就只会是奉承："非常感谢您精彩的讲话……""我从您优秀的论文中收获良多。"

一开始，这会让你觉得特别温暖。但之后你会想：我怎么知道自己是不是做了一场非常糟糕的演讲？我最好的朋友会告诉我吗？或者这些歌颂中是否有微妙的代码，而我只是还没掌握？

评论

一位同事对系里开会有个很好的描述——会上，一位女老师说："好的，伙计们，把你们的男权先搁到桌上。"这可能就是玛丽所指之事。但这里有个严重的问题：面对一篇糟糕的论文，我们应该做何反应呢？英国人的"有趣"是个不错的选择，我曾经通过把德语中的"奇怪"和"卓越"混淆使用来作为应对的方法，但是我的引申义没人听懂。我们能否发明一种国际方式［可能在希腊陶器和泰伦提乌斯（Terence）的手稿中已经找到］，用来表示"可以发挥得更好"？……或者，由英国科研评估及其合作者管理下的民主制度，要求对所有研讨会论文一视同仁？

——Q.H. 弗拉克

意大利人提问：……吉尔伯特（Gilbert）和乔治（George）在午餐时间现身罗马英国学校做讲座。讲座最后，有位来自意大利《信使报》（Messaggero）的人差不多是以提问的形式，进行了一场与主题无关的漫长讲话（大约10分钟）。最后，乔治喃喃地说"有趣"。我听的第一场研讨会（20世纪60年代末），演讲者是彼得·布朗（Peter Brown），布朗早在那时就准备当导师了。会上没有讨论或提问。（怎么可能会有？）由于我不知道什么是研讨会，于是我认为研讨会只是场听众较少的讲座。

——安东尼·阿尔科克

我注意到，学术权力可以通过会议座席得知。

小型研讨会，有10—12人围坐在普通的会议桌上，而紧贴讲者左右坐着的人通常希望主导会议。有趣的是，在研究生研讨会上，往往是会议室内学术能力最弱的学生会选择挨着教授坐。我猜你可以把它叫作权力虹吸……

离讲者位置最远的人，即坐着桌子另一端的人，希望建立一个权力竞争中心，因为他或她认为自己比讲者更具有权威性，当然，也会不停地说话……

——艾琳

霍华德·莫尔（Howard Mohr）的重要研究《如何对话明尼苏达州人》，显示忘忧湖小镇的好心人拥有弗拉克希望了解的、能够应对论文低劣等诸多状况的正确话术。这个话术就是说，"这很不一样"，并且头一个单词要适当地用斯堪的纳维亚式音高重音法说出。

——奥利弗·尼科尔森

很难精准总结美国式研讨会。在康奈尔大学，这个我谋得第一份工作的地方，丽莎·贾丁（Lisa Jardine）和我在那里被严厉训斥，因为我们向一位受人尊敬但讲座质量低下的访问学者提了个尖锐问题。在普林斯顿大学，劳伦斯·斯通（Lawrence Stone）领导的戴维斯中心，则是个供大众解剖学术的场所。在我曾就读的芝加哥大学，也有着提出批判性问题的传统，但是和普林斯顿大学的风格不大相同。我确定英国国内也有类似的差异。

——托尼·格拉夫顿

假设你是讲者，而你认为主持人或听众在恭维你，那你可以明确询问，在他们眼中，你的论文在现有知识上作出了哪些改进。还是说，回避这样的刨根问底，可能就是担心被贴上私处暴露狂的标签？

——SW. 福斯卡

我前夫是名外科医生，他参加过许多国际会议。他告诉我，在美国，超过指定时间是不被容忍的，而且会议主持会将麦克风关闭。

——萨拉·黑格

我在美国住了近30年，但在英国接受教育，成长于英国的"学术"家庭，所以我完全同意你的说法。我在成长的过程中习得简洁冷峻且不失幽默的回应才更受欢迎，而联合国决议式的礼貌用语则会被视为含糊其词、道貌岸然。话虽如此，学者之间的分歧很少被视为人身攻击——很可悲，我发现在美国，却几乎不可避免地会出现虚伪无比的"外交"辞令。

唉,在我的经验中,很少有像已故的哥伦比亚大学老师西德尼·摩根贝瑟(Sidney Morgenbesser)那样的人了:摩根贝瑟有件著名趣事,发生在约翰·奥斯丁(J. L. Austin)于牛津大学演讲时。奥斯丁说,很奇怪,很多语言中双重否定表示肯定,但是没有例子显示双重肯定表示否定。此时,摩根贝瑟在听众席轻蔑地回应道:"是啊,是啊……"

——迈克尔·罗宾森

在罗马美国学院,我有机会观察到几个国家研讨会进行的风格以及他们处理分歧的方式。美国学者们面对一大群德国听众时会特别小心……因为有可能遭遇被他们称为"鲨鱼袭击"的情况。他们甚至造出了"三德恐"(tristedescophobia)这样一个词来表示恐慌室内有三个或更多的德国人。

——罗伊

不是没出现过冗长的布道在他人帮助下结束的情况:风琴手准备好弹奏结尾赞美诗,于是踩了踏板,传递信号。

——维纳布尔斯·普雷勒尔博士

墨西哥式庞贝

2007 年 6 月 18 日

我的新任务是写本关于庞贝的书,捕捉重现古城以往的生机。那些记录罗马世界日常生活的书本中,只有一两本品质上佳，其他的大都是失望之作（"罗马人起得早，早餐吃得简单"云云——就是这种琐碎）。于是我想，为什么不走进我们最熟识的这座古城呢？

虽然关于庞贝的专业研究型新作，浩如烟海，但这些内容影响不到面向广大读者群的书籍。后者的内容主要还是论述火山及火山爆发的恐慌（"人脑被煮熟"），极少提及火山爆发前的古城生活。在我的书中，维苏威火山肯定不是主角。

我的问题不是如何将那些能够唤起古老记忆的材料联系整合起来。比如，我无法想象猴子的头骨为什么会出现在庞贝的骨堆中。我也很好奇那些车辙。我的问题是无法简单地在脑海中构建起街道的样貌。我无法一闭上眼，就看见一座生机勃勃的庞贝。

当我从洛杉矶盖蒂研究所来到墨西哥后，这个问题解决了。到达后的首日，当从机场开车穿过瓦哈卡州的后街时，我脱口而出："这里是庞贝。"这里有着铺整过的狭窄小路，连接着未铺砌的交叉土路。道路两旁排列着低矮的店铺和工厂，它们的门口却很宽敞。有些店铺工厂会有两层之高，有的则没有。时不时地，会有个宏伟的大住宅映入眼帘，屋子大门气派异常，但是外墙却光秃秃的，异常扎眼。人来人往的街道上，也贴有政治标语——它们并不是印在海报或是广告上，而是显然由一些专业的标语作者直接画上墙的（有几个不错的旧标语，明显又翻新过），就像庞贝的"选举画"一样。

我们回到之前的村庄入住，那里如今已变成城郊，但样貌大体没变。大房子，有列柱中庭花园，房子藏在幕墙后，同当地的网咖店、五金店有如脸颊挨着下颌，靠得很近。丈夫认为我们的住处与农牧神之家不相上下，这里确实当之无愧。

我并不是说这个地方和灾难前的庞贝有多相像。而是想说，这座城似乎和庞贝的（用行话说是）"城市空间"建设目的一致，能容忍贫穷富贵、奢侈清寒现象共存。而在伦敦（或者洛杉矶），大富之人往往选择远离五金店落户。

巧合的是，我发现，一条画在墙上的标语已经和罗马世界联系起来了。离我们住处不远就是当地图书馆，墙上画上了馆名，也绘制上了一句格言。格言（西班牙文）写的是："科学与文学是青年人的养料，老年人的消遣。"

这句话选自西塞罗的演讲《为诗人辩护》（*Pro Archia*），"haec studia adulescentiam alunt, senectutem oblectant"。

大卫·卡梅伦自恋吗？
（……约翰·普雷斯科特言之凿凿？）

2007 年 6 月 21 日

议会中又流传着经典典故了。大卫·卡梅伦（David Cameron）将约翰·普雷斯科特（John Prescott）比作贝文（Bevin）和狄摩西尼（Demosthenes）的结合（真的很可怕的一个组合，尽管这句话看似是假惺惺的恭维）。于是普雷斯科特也用某个希腊神话进行回击："反对党领袖也让我想起了一个人。我在埃尔斯米尔港现代中学读古典文学和希腊神话时，学过那喀索斯（Narcissus）的典故。那喀索斯之所以死亡是因为他只钟情于自己的倒影。是的，他根本徒有其表！"

问题是那喀索斯典故传递的信息并不是关于徒有其表。这个典故携带的负面信息远比这个严重。

关于故事，我们最熟悉的一个版本来自奥维德（Ovid）的《变形记》（*Metamorphoses*）。故事开始于那喀索斯出生时，一位变性盲人先知特伊西亚斯（Tiresias），他告诉那喀索斯之母一个神秘黑暗的预言。先知说，要想保住那喀索斯的性命，必须阻止他"认识自己"（这与刻于德尔斐的著名箴言背道而驰，十分令人困惑，因为箴言中说"认识你自己"正是一个人应该追求的）。

毫无疑问，预言变成了可怕的现实。那喀索斯长大后，美貌惊为天人，但是他过于自大，对周围所有的求爱冷淡无比。之后就有了厄科（Echo）的故事：厄科是位不幸的女神，居住于山林水泽，她只能重复别人说过的最后几个字，因得不到那喀索斯欢心而日渐憔悴。但是被那喀索斯拒绝的另一位女神却做出祷告，请求命运女神涅墨西斯（Nemesis）以特殊的方式复仇：让那喀索斯爱上他自己。

于是之后，当那喀索斯从湖中饮水时，看到自己的倒影，便立刻迷恋上了水中的影子。他无法得到心爱之人（因为那只是个影子），日渐消瘦最终死去（在他死的地方长出了一支水仙花）。

但是，该典故还有个更早期的版本，书写在埃及的莎草纸上，几年前出现在牛津。有些基本内容大体一致，但是在该版本中，是位男子而非女子爱上了那喀索斯。那喀索斯也不是死于日渐憔悴，而是自杀——他血流之处盛开了一朵水仙花。

我的第一反应是副首相普雷斯科特没弄懂希腊神话。这个典故并不单单是说那喀索斯徒有其表。更尖锐的问题是那喀索斯爱上了自己（的倩影）。

但是之后我想到，我们是否不应该怀疑普雷斯科特古典神话的学习水平。可能他是在很巧妙地暗示出自恋的主题——甚至（假设他也阅读了牛津版本）有点同性恋的意味。毕竟，古代演说家最喜欢的把戏就是谴责对手具有柔弱的女子气。

"狄托的仁慈"：
莫扎特、圆形剧场、南斯拉夫？

2007 年 6 月 25 日

刚从洛杉矶的风月区回来（我应该说，那是辛勤劳作的风月区），当晚我就被请客去看歌剧——这是我拿到的最后一项奖励，因为我半年前为英格兰国家歌剧院写过一些节目介绍。我选定的是伦敦科利瑟姆剧院上演的莫扎特歌剧 "*La Clemenza di Tito*"（《狄托的仁慈》，狄托又名提图斯）。

我之前确实并没有看过或听说过这支歌剧。最终选定它，是因为我推测（正确但盲目）歌剧是关于罗马皇帝提图斯的［Titus，79—81 年在位，韦斯巴芗（Vespasian）之子，罗马广场上著名的提图斯凯旋门就是为了纪念他］。事实证明这支歌剧各方面都怪异得令人费解。虽然演唱者的唱功很出色，但很多音乐在我们听起来更像"莫扎特学派"而不是"莫扎特"。故事情节就正歌剧而言，也是异乎寻常的复杂，令人费解。

歌剧一方面塑造了满腹阴谋的维特莉亚（Vitellia），她是在位仅八个月的罗马皇帝维特留斯（Vitellius）之女，她想登上罗马皇位，为被推翻的父亲报仇（同提图斯结婚是最快的途径）。另一方面，皇帝本人想找位皇后，来代替他深爱的犹太人贝蕾尼斯（Berenice），他把贝蕾尼斯送走以顺应罗马民众的呼声，因为大众只接受皇帝娶罗马本地人作为皇后。可想而知，提图斯寻找皇后的目的被情敌们所阻碍，他们策划阴谋，并发起了公然的反叛。但是面对这重重难题，提图斯却祝福了他的情敌，宽恕了妻子的不忠行为。于是歌剧名由此得来。

但是对于古典学者而言，本剧的魅力在于幕布两侧的布景。该表演是重演戴维·麦维卡尔（David McVicar）导演的作品，演出将提图斯的宫廷变得朴素甚至有些阴冷，是奥斯曼与日本宫殿（托普卡珀皇宫住了位日本皇帝）的结合。我们无法判断，穿着长裙、系上宽腰带的帝王侍卫，是否是为了让人联想到耶尼切里军团或是武士。而正是在这种优雅、整洁的皇宫中，提图斯一再原谅形形色色的敌人对手。

我想知道，麦维卡尔是否反思过圆形剧场观众观看演出时周边的布景。圆形剧场，建于20世纪早期，以其奢华的罗马设计大胜伦敦所有的剧院。借鉴自我们现在通常称为罗马角斗场的建筑，剧场被装饰成罗马和罗马竞技场的风格——狮子战车、月桂花环、角斗士武器。

从剧院的听众席往上看，你甚至会发现一个彩绘版本的天幕，也就是帆布遮阳棚，这是过去用来给观看罗马角斗的观众遮挡毒日之物。

那么，谁负责建造和开放（原始的）圆形剧场呢？毫无疑问，正是提图斯本人。所以，在幕布的两侧，我们看到两个非常不同的提图斯形象。在舞台上，他是位冷静和宽容的统治者——太宽容以至于不能照顾好自己的利益。而观众方面，他是位血腥的皇帝，主持了许多杀戮式角斗［如果你想知道角斗多么血腥噬命，可以参考马提亚尔（Martial）书中，关于纪念圆形剧场开放的诗歌］，并未流露出一丝同情与宽恕。

究竟如何看待他的仁慈宽恕？

剧中有篇不错的文章，试图将提图斯与18世纪关于王权和"开明专制"的论辩结合来看。皇权凌驾法律之上？提图斯赦免正当法律程序判定有罪的密谋者，究竟是对是错？

我不禁想到，这个歌剧明显是针对那罗马哲学中最著名（莫扎特时代）的一篇文章——塞内加的《论仁慈》（*On Clemency*），文章标题正是这部剧的主题。塞内加是尼禄皇帝的老师，他这篇论文是写给学生尼禄的，呼吁其在治国理政中多采取仁慈、宽恕的政策（从短期目标看，应当说该政策是很不成功的）。《狄托的仁慈》整个情节可以视为一个回应。因为剧中，提图斯的唯一武器就是宽恕，而这导致了一个又一个灾难（从个人的不幸到城市的大火）。也许，我们正被要求反思，提图斯至少应该表示一次"今日无宽恕"。换言之，全盘宽恕的破坏性不亚于其反面。

我不大确定对此饶有兴趣的其余观众们是否也会做出这样的反思。尽管对于大多数像我们这些超过40岁的人来说，意大利式提图斯——也就是狄托——能够引起其他一连串的政治联想，但其他人会不会想到什么就不知道了。

在男厕所，我丈夫无意中听到一小段令人不安的对话："我不认为宽恕适合南斯拉夫的未来。"

他认为这是个笑话。

索引链接？

2007 年 7 月 4 日

我早该知道的。不过，在我的出版商问我，是想自己为新书做索引，还是他们去找位专业人士时，我不假思索地回复说自己做。

主要原因是，在过去，我看过一些非常糟糕的所谓"专业"索引。［你会被那种索引中的某个词条吸引，比如，弗吉尼亚·伍尔夫（Virginia Woolf），但是在查找该词条时，却发现了一些这样的内容，例如"我们的主人公与弗吉尼亚·伍尔夫同年出生……"］另外，我也自以为是地认为，只有我，此书的作者，才能迅速识别出书中最值得注意的主题（以便创建一种超越简单的计算机词条式搜索的索引，并且最好能为会留心索引的读者，提供一个与书本知识平行的结构）。

此外，我对此事抱着一种无可救药的乐观看法。我想，在这最后阶段，我肯定乐意最后再阅读一遍已经完成的文稿，然后坐下来回想可以用作索引的关键主题。我要创建一个完美的索引。

我早该知道不是这么容易的。首先，我之前也做过这个。我应该知道，坐在扶手椅里悠闲进行反复阅读的日子已经不再现实，阅读总是很匆忙。去年年底，我还读了《泰晤士报文学增刊》上的一篇长通讯稿，都是关于索引的陷阱。这应该让我引以为鉴的。

结果，我花了 5 天的时间（给一本 440 页的书）做索引，其实我并不是不满意结果。但是做索引的过程实在是特别没劲。

首先，这是个重新发明轮子的问题。如果我是位（特别）专业的索引创建者，那么我就能在这方面与时俱进，掌握最新的工作技能。但在我还属于初学状态时，我必须从头开始学习归类的基本问题。我的书是关于罗马凯旋式的。那么，我是否应该建立数以百计的条目，像"凯旋式，起源于""卢基乌斯·埃米利乌斯·保卢斯（Lucius Aemilius Paullus）之凯旋"或"卢基乌斯·埃米利乌斯·保卢斯，凯旋式"……除此之外，还能列什么呢？（实际上，我决定在索引中放个加粗醒目的副标题，写着凯旋式……而所有副标题下面是："起源""战车""神化与"……希望这样行得通。）

但同样棘手的是该省略什么内容。这就是弗吉尼亚·伍尔夫式的问题了。书中到处都提到了（比如）历史学家狄奥·卡西乌斯（Dio Cassius）。那么每一处都需要建立索引链接吗？（"正如狄奥所强调的，凯旋式是……"）当然不需要，但你如何取舍呢？原则必须是：读者通过我的索引，来查找文中关于狄奥的内容，是否确实想要读到这个页面？理论上可以说得朗朗上口、天花乱坠，但我可以告诉你，在午夜，半瓶酒下肚后，做出取舍还是很难。

然后还需要放些有趣的笑话作为点缀。自从我的朋友基思·霍普金斯，把一则笑话运用于他《死亡与重生》（*Death and Renewal*）的索引中，我就喜欢上了索引中的笑话。那则笑话是这样的，将"方法，从零碎证据中求证，比比皆是"——与表示"推测""同义反复"和"偏差，惩罚"的其他条目搭配。我尝试用过几个（"古典历史研究，自我放纵的徒劳，比比皆是""凯旋式，罗马人，研究之乐"），但我最终还是放弃了它们——主要是因为我无法想象在两个月后还能继续欣赏它们，更不用说十年之久了，当然前提是那时这本书依然如我所愿还在售的话。所以，我决定效仿并致敬这个我思念万分的朋友，建立"事实，脆弱性，比比皆是"。

这恰好也适用于我的书作。

评论

伊萨克·卡素朋（Isaac Casaubon）的日记中写着，1614年2月2日（内心独白）：Hodie ab instituta cogitatione rejectus sum ad curandos indices, quos ille corruperat, qui onus in se susceperat.（"今天我有些分心，我已经开始筹备创建自己的索引——索引都被从事索引工作的人给毁了。"）2月5日：Et ulliberales istae curae de indicibus me plane occupant……Tu, Domine, miserere. Amen. Hodie absolve indicem auctorum et descripsi inter varias curas et impedimenta insigni usus diligentia.（"的确，那些对索引的庸人自扰完全让我分心……主啊，可怜可怜我吧，阿门。今天，我在各种顾虑和阻碍中，完成了作者索引，并抄录了它，在这一过程中付出了极大的精力。"）

严肃的学者在生活上存在着某种历史连续性……

——托尼·格拉夫顿

在你和那个叫格拉夫顿的家伙开始编辑《牛津大学书籍：暴躁学者控诉索引》（Oxford Book of Grumpy Scholars Complaining about Indexes）时，别忘了赛姆（Syme）在他的塔西佗专著前言写道："这个任务是漫长而艰苦的（尽管表面上看着辛苦的差事，也会带来纯粹的快乐）。它一直受到各种拖延和烦恼的阻碍。在让成文适合出版，在编纂庞大的索引时，没有任何学术机构、任何致力于促进历史和文字研究的基金或基金会，伸出援手或是解答疑惑。"

——SW. 福斯卡

玛丽·比尔德，你现在已经受够索引之苦了。你会继续承受着。我为自己的两本书建立索引——主要是因为我认为索引（一则）很有趣，（二则）给我一个借口去购买优质的 Cindex 索引软件——然后我又给朋友的一本书也编纂了索引〔露易丝·福克斯克罗夫特（Louise Foxcroft），《毒瘾的形成》（The Making of Addiction）〕。在每一本书中，索引都有点像连点成画的游戏：最后出现的是一个有趣的元文本，揭示出既不是我也不是福克斯克罗夫特博士在这本书的主体部分看到的内容。例如，我发现，对于一个公开的无神论者而言，我对上帝十分着迷……我自认为生命中的亮点（和凯旋式），是被邀请到帕萨迪纳，参加美国索引者协会召开的会议，做主题演讲。

计算机生成的索引与你自己建立的索引一经对比会非常有趣。索引是一种具有认知性和批判性的探险与挖掘，极具趣味。我敢打赌，你在年底前一定会恳求朋友和同事让你为他们的书建立索引。"快同意。让我来吧。拜托。就一次，建完我就走……"

　　但是建立自己的索引并不是毫无问题，即使像我一样，允许做一些有点超现实的条目。就我现在这本书而言，当我在写某些篇章时就在想，"天哪，这是个不错的索引主题"，所指之处可能是马车或马的类别区分错误……不过乐趣丝毫未减。

——迈克尔·拜沃特

　　福斯卡，我不太懂赛姆的态度。他因为没从任何基金或基金会中受益而生气？还是他骄傲没有与新的垃圾扯上任何关系？或者，我猜，两者兼而有之？

　　顺便说一句，格拉夫顿教授和我自己是我所知道的脾气最不暴躁的学者！！

　　至于拜沃特……我确实认为他在建立索引方面可以获得诺贝尔奖。（他的索引是我见过的唯一一个明确奉承我的索引……就像"玛丽·比尔德，比我更出色的学者……"……还是我记错了？）

——玛丽

　　玛丽，我想你对赛姆的看法是对的，他既脾气暴躁，又自鸣得意。但是注意，福斯卡在提名你和格拉夫顿去做编辑，而非做作者。

——SW. 福斯卡

在美国如何点咖啡？

2007 年 7 月 6 日

我的墨西哥之行又是个语言挑战。骄傲的结局总是跌落，开始时我想着如果我能读懂西班牙语（……呃，无论如何，能读懂关于罗马宗教的西班牙语书籍），那么我也能流利地用西班牙语交流。

坦白来说，这也不算与事实相去甚远。虽然我丈夫指责我不过是声音大些，带着一种粗野的意大利语口音，但是我立马自信满满地说，"dos margaritas, sin sal"（"两杯不加盐的玛格丽特酒"，这句发生在我们点餐的时候）以及诸如此类的话。问题在于要理解对方究竟回答了些什么。

用外语交流几乎总会如此。很容易找到许多德国人，然后用德语问他们："Wie komme ich am besten zum Bahnhof？"（请问火车站怎么走？）但是，除非你能理解"在屠宰场笔直右转，过了战争纪念碑再左转，然后你就会在环形交叉路口的另一边看到火车站"，否则你最好一开始就别问。

但不仅仅是在外语方面。在美国的几个月让我反思，很多成功的人际交流，甚至英语与英语之间的交流，都取决于事先知道对方可能会给你什么答复。换句话说，也就是要提前知道剧本内容。想在洛杉矶点杯咖啡，那么在你拿到一杯热气腾腾的拿铁之前，你必须一直对答如流，回复一大堆出乎意料的、完全非英国式的对话："普通？""一半一半？""美式还是浓缩？"不止一次，我感到莫名其妙，好像"咖啡师"说的是英语又非英语。

这让我好奇世界上是否有两种版本的英语学习教科书——

英国版本和美国版本。

那么，关于"咖啡店"对话的学习，英式、美式分别是哪种呢？

英式英语：

女服务员：您需要点什么？

玛丽：一份巧克力松饼和一杯咖啡。

女服务员：黑的还是白的？

玛丽：请给我白的。

女服务员：马上就好。

美式英语：

女服务员：你好，我是辛迪，您今天下午的服务员。除了您在菜单上看到的产品，我们还有特色美味的全脂牛奶风味全麦英式烤饼。您需要点什么？

玛丽：请给我一份巧克力松饼和一杯咖啡。

女服务员：您要有机巧克力松饼还是普通的？

玛丽：请给我有机的。

女服务员：我们的有机可可豆来自危地马拉。您可以接受吗？

玛丽：你们没有从非洲来的吗？

女服务员：有，但恐怕不是有机的。

玛丽：好吧，危地马拉的也行。

女服务员：那咖啡呢？拿铁、卡布奇诺、意式浓缩……？

玛丽：拿铁吧，麻烦了。

女服务员：牛奶要一半脱脂一半含脂的吗？

玛丽：不，我想要无脂的，谢谢。

女服务员：美式？

玛丽：不用，普通的就可以了。

女服务员：马上就好，您还需要什么吗？祝您今天愉快。

我并不是说其中一种对话比另一种更好、更细致入微，或更轻松活泼。只是我还不太确定我是否已经掌握了第二种的交流方式。

评论

美国人对食品描述有个奇怪的特点，他们会坚持将原产国作为形容词附在商品的前面：阿尔巴尼亚豌豆、保加利亚洋葱等。你举的咖啡厅对话例子（以及我个人在曼哈顿餐馆吃饭的有限经验）让我好奇，是否所有的美国人在孩提时代，都要接受一种完备的"争议点"（修辞学）训练：让我们解决完这个问题，再继续讨论吧。

——安东尼·阿尔科克

这不算什么……你应该去加拿大的蒂姆·霍顿斯快餐连锁店（Tim Hortons），在那里你会听到各种人点餐，从特大份的双双（即双份糖、双份奶油），到特大份的普通款（一份奶油、一份糖），前者还说得过去，后者则根本无法理解。幸运的是，我是星巴克的常客，他们知道我经常点的食物（三倍大的无糖香草脱脂拿铁和一杯双倍浓缩咖啡），所以我不需要解释。

——大卫·梅多斯（捣蛋的古典主义者）

当我在一家曼彻斯特的麦当劳店点汉堡时，大概是出于美国人设计的某项公司政策，年轻的女服务员询问我："一餐就吃这些吗？"这时，暴躁的脾气、对"麦当劳对话"可笑的无知以及30年前哲学导论教育中范畴上错误这一概念的记忆，促使我答道："问题很有趣！我想，这取决于你所说的'一餐'究竟什么意思。"我的答复没有被理解，之后的交流就变得比较焦灼了。我现在知道了，"一餐就吃这些吗？"在上下文中表示"你想要点杯喝的，再配上法式薯条吗？"。

——詹姆士·R

真奇怪啊。我在福南梅森要了一个餐盒，却对里面装的东西毫无头绪。有人告诉我，一个餐盒意味着"您想要一餐盒圣诞布丁和上等斯蒂尔顿芝士？"。包装的学问这么多！

——夏洛特

一个小小的语言挑刺：如果辛迪说，"我是您今天下午的服务员"，她肯定说的不是标准的美国话。在美国人听来，这很别扭。通常情况下，女服务生会用将来时态说："我将为您服务……"

哦，还有一点。除非你不小心漏掉不定冠词"一个"（"a"），说成"美味的全麦英式烤饼"（或者忘了把"烤饼"说成"一些烤饼"），否则这句话也不是正宗的美式用语。我们会说"一个烤饼"或"一些烤饼"，但绝不仅仅是"烤饼"。在英国，"烤饼"这个词默认是复数吗？比如，就像我们在阿肯色州说，我们在"猎杀负鼠"吗？

——K.D.C. 琼斯

既然我们在挑刺，我就再深挖一步：我们的美国人辛迪，如果她在一家出售有机产品的商店工作,很可能会使用不带性别色彩的电脑语音,对您说:"今天我将为您服务。"

——艾琳

至少辛迪没有使用讨厌的新词"waitron"(译者注:该词意为"侍卫",尾音同"顿")(该《牛津英语词典》词条最早可追溯至1980年,用来和希尔顿押韵——啐啐啐)。

——奥利弗·尼科尔森

达勒姆座堂的老大哥有何贵干?

2007 年 7 月 27 日

我刚从达勒姆待了一夜回来。我临时给一所很棒的暑期学校授课——100 个在校生和成年人放弃了一周的假期,来学习拉丁语和希腊语(还有一些努力的教师放弃了一周的假期来给他们上课)。

可惜的是,我之前从来没有去过达勒姆。在车站接我的那个出租车司机,脾气有点暴躁,他不明白我为什么要为此烦恼。

他认为,毕竟,达勒姆和剑桥差不多,只是面积小一点。

他无疑是错的。两城可能都被学生淹没(用他的话说是"时髦"的学生),均为学生城。但是达勒姆有大教堂……我昨天晚饭前半个小时去那儿参观过。

我身上没有带旅游指南。但是嫁给艺术历史学家的好处之一是,你总能用电话联系上你的"佩夫斯纳"。因此,我很快就知道，应该看看肋状拱顶和宝藏室。

事实上，当我到达的时候，宝藏室已经关门，圣公会唱诗班的晚祷已经开始了。所以我只完成了对肋状拱顶的参观，然后就停留在西端了——西端有一个令人叹为观止的史密斯神父的管风琴，和一个有（19世纪）圣贝德（Bede）之墓的圣母堂。墓碑刻有某首关于逝者的拉丁语打油诗题词，"hac sunt in fossa Bedae Venerabilis ossa"（大概是说"石头下面的墓中/埋着圣贝德的遗骸"）。一位著名的拉丁语学者朋友向我解释，这是一种中世纪的"莱昂体六音步诗歌"，它的优点是足够简单，即使是初学者也能翻译。但是，无论如何，它确实提到博学的圣贝德……以遗骸的形式。感动的是，昨天一班"圣贝德"天主教学院的孩子，在墓上放了一张"祝福"圣贝德的卡片。

多年来，我参观的英国大教堂数量不多（尽管我现在发现，在东海岸的主干道上，你不仅可以近距离看到达勒姆，还可以看到伊莱、唐卡斯特、约克的景色）。这些天，当我真的踏上这块神圣的土地时，感觉更像是在意大利或希腊——最神圣的目的莫过于拜访左边第三个小圣堂里的卡拉瓦乔（Caravaggio，即米开朗基罗·卡拉瓦乔）。也就是说，对于任何在主流的英国圣公会传统中长大的人来说（无论是否信教），这里仍保留着一些令人欣慰的熟悉之处。我走进去时，显然到晚祷的第二课了——彼得又一次矢口否认自己和耶稣的关系，公鸡就要啼鸣了。这是我已经知道的故事。

但当我环顾四周时，这种"熟悉感"却以一种更令人惊讶、更为制度化，也更让人不安的方式呈现。这里已经不太像我记忆中的大教堂。首先，他们显然受到了残疾法案的影响，所以所有的台阶都配上了斜坡（我承认，我如果需要坐着轮椅进入，可能会感激这些斜坡。但即便如此，我还是宁愿让大楼保持原样，有几个强壮的家伙给我搭把手，抬我一下就好）。

然后，我发现他们已经想到在进门处设置入案照片库，就像国内大学的每个部门一样。出于某种原因，主教本人与此事并无干系（不与之同流合污，他是否太高明了？），但那里的其他人似乎都有份参与，从总铎、神职领导，到教堂司事和开发部主任（所以这里真的就像一所大学……）。

但对我来说，压倒我的最后一根"熟悉"的稻草是闭路电视监控（"闭路电视监控教堂"，如此惹人注目，像大学里设置监控一样）。我想知道的是，监控老大哥想要监控什么？有人偷烛台？在圣母堂行为不轨？还是说闭路电视是宗教警察，针对那些没有加入吟诵颂诗的人，或是那些说出信条时信仰不坚定的人？

还我一些神秘感吧，我祈祷。

评论

至少史密斯神父还没有被一种能够通过数字重建并进行模拟的设备所取代，尽管这种设备在实践中很有用。

——维纳布尔斯·普雷勒尔博士

达勒姆座堂有可能是圣卡斯伯特（St. Cuthbert）的安息之所。他曾经是林迪斯法恩的主教，而那里现在已化为丘墟。圣卡斯伯特主教逝世于 687 年，其生前有过很多神迹。他被埋葬在林迪斯法恩大教堂。11 年后，其棺椁被打开，据报道，圣卡斯伯特尸体并未腐烂。由于诺斯人等入侵者，这副棺椁被移动过数次。棺木最终于999年9月4日放置于本教堂——诺曼的达勒姆座堂。征服者威廉于1069年要求检查尸体。当地主教拒绝了该请求。1104年，几位当地主教对圣人尸体情况出现争议。于是棺木被打开，其遗体据称保存良好。1537年，亨利八世派了几名医生毁坏其遗体。当他们打开棺木时，发现遗体完好无损。棺木里装满了金子和宝石。在这个过程中，尸体的一条腿断了。医生们不愿意由自己来破坏尸体。1542年，本笃会修士重新埋葬了遗体。1827年，这座墓穴被打开，遗体已经变成骸骨。1104年尸体上穿的圣衣大部分仍可辨认。有一个传说称在亨利八世毁坏尸体事件后，本笃会修士悄悄把尸体藏到一个安全的地方，最终却找不到埋藏之所了。或者，也许遗骸就属于圣卡斯伯特，这个850年来也没有腐化的圣人。因此，无论是选择留有神秘还是装上闭路电视监控，都有充分的理由。

——托尼·弗兰西斯

达勒姆让我记住更多的不是肋状拱顶，而是雅各布梦醒之后的言辞，"non est hic aliud nisi domus Dei et porta caeli"（这不亚于上帝之所与天堂之门）。1827年挖出圣卡斯伯特遗体这件事，会不会实际上不是总铎、神职人员为了反驳遗体在宗教改革时期被藏起来的谣言而做出来的（谣言出现在罗马天主教解放时期，当时许多爱尔兰的罗马天主教徒，正在前往达勒姆郡的矿井和铁路工作）？约在1890年，也有一次科研挖掘，我想是在那个时候，这具放于8世纪雕刻的原始棺木中的遗体，在经历了维京人时代，从林迪斯法恩，经切斯特勒街，一路辗转到达勒姆，才最终被人挖出并收藏（于拱廊中）。据我所知，直到20世纪30年代，年轻的厄恩斯特·基青格（Ernst Kitzinger）逃离纳粹德国来到达勒姆时，遗骸才重新整合起来。牛津大学出版了一本书，关于20世纪50年代中期圣卡斯伯特遗体。1987年，为纪念圣卡斯伯特逝世1300周年，召开了研讨会，其会议报告已经出版（编辑：G. 邦纳，D. 罗拉森，C. 斯坦德利夫），其中包含了大量信息——我可能会记错（我买不起这本书！），但我认为它几乎不支持博学多识的弗兰西斯博士所提到的秘密埋葬理论。这无疑是我参加过最激动的学术会议。

——奥利弗·尼科尔森

但是，如果你在晚饭前半小时坐着轮椅出现的话，那些强壮的家伙很可能已经回家了，那么你根本就没有机会去看大教堂，不论是犹抱琵琶半遮面式，还是揭开面纱毫无神秘感式。

——凯塔琳娜·埃德加

精彩的文章，精彩的评论，上帝保佑英国！

——马修·克卢克

高级水平课程考试（仍）在走下坡路？
2007年8月16日

似乎是为了清楚表明对该问题的回答是明确的"否定"，英国资格与课程管理委员会（QCA）在今天的一些报纸上刊登了整整一页的宣传内容。委员会向所有取得优异成绩的考生表示祝贺，并列出了考生必须回答的一些题目。

早间新闻上宣读的题目来自心理学高级水平课程考试："描述并评估心理动力方法与认知方法对社会的贡献。"天啊，我们一定认为，这道题很难。

当然，这有运气的成分在里面。首先，对你我来说，它可能看起来特别晦涩难懂，但回看考试委员会对高级水平课程考试试卷的规定说明，会发现这正是学生们应该复习准备的方向。

教学大纲中明确阐述了该规定，学生应该要懂得区分"心理学中的方法或角度，包括……心理动力学方法、认知方法和生理方法"。

所以这不完全是一张运气牌。

其实，这只是一张90分钟考卷的部分内容——考虑到阅读试题卷和做选择的时间——答题时间大约20分钟，而这么短的时间内，学生几乎没有时间细细品读个中微妙之处。从同样于今日公布的考官报告来看，试卷的完成情况不甚理想。

以下是考官做出的一些解释：

"这两种方法考生都应加以考虑，但有些考生只侧重其中一种方法，这样得分就不会高。这道题问的是对社会产生的贡献，因此只有答出能够带来实际应用的理论成果才是符合题意的，如精神分析理论和治疗技术。许多考生在试卷中写了大量不相关的细节，例如，给予应用背后的研究环节太多的描述和评价，但是真正需要他们论述的其实只是证明和发现。"等等。

当然，这并不是我所指的"下坡"。而且事实上，这些考官的严格要求，倒可能适得其反。问题不在于孩子们是否在努力学习（当然，他们很努力，很可能比我们过去更努力）。相反，获得得分的"勾选框"恰恰才是杀手，同样可怕的还有观念，即答案中必须包含完整的知识点才能获得高分——而不是开放式的论文风格，让学生们自由地在知识海洋探索。

据我所知，至少有一位高级水平课程考试考官放弃阅卷，因为他被迫给那些笔下着实显露才华的考生打低分，因为他们并没有踩到"评分标准"要求的得分点。

等到学生们考上大学，这种应试的残留依然十分明显。学生们会催促你说出给他们的论文打多少分。如果你回答"二等一"，他们的下一个问题很可能是，"那么，我如何做才能获得一等？"好像获得一等就只意味着满足所有的评估标准。

慷慨激昂地宣称标准的严格，对于考试的质量降低只是一种欠考量的回应。可悲的是，打钩评分方式几乎是公平民主评定优等考生不可避免的结果。认为开放式的论文应值得我们推广，这样的想法契合情理。但是，如果你去了一所学校，那里的学生不知道论文的写作原则，你该怎么办呢？对你而言，期望别人告诉你需要怎么做才能获得优秀的成绩，这难道有错吗？

也许更紧迫的问题在于考官本身。在过去，高级水平课程考试只是少数人的选择，你有一小群经验丰富（毫无疑问，薪水不高但尽职尽责）的考官。你可以相信他们会对孩子的论文做出合理独立的判断（而且，无论如何，考生的数量很少，足以让他们仔细审阅）。但我们近来对专业评估的偏执，使所需的考官人数翻了两番，甚至导致在一些学科中，实习老师也被用来评阅这些关乎孩子未来职业、至关重要的考试试卷。因此，我们当然必须制定严格的规则和固定的标准，来培训和监督考官。

真正的问题不在于我们是否在走下坡路。而在于我们究竟如何看待所有考试的目的。如果是为了挑选优秀的学生，那么这样的考试其实就是一种愚笨、耗时、低效的方式。但也许这不是考试的目的——而我们应该想出完全不同的方法来考核挑选优秀生。

评论

想提醒你们这些牛津剑桥人，正是冒险创新答题才能赢得附加分数让现状得不到改善。如果你属于一个自认为受到歧视的群体，那么你就会坚持传统的打分标准，否则很可能你就会惨遭扣分。但如果你知道自己属于受人青睐的群体——尤其如果你属于特权群体，而低分不会影响你的未来时——那你便有资本递交一份可能收获颇丰的大胆回答。因此，我们最终形成了一个体系，在这个体系中，那些过分刻苦用功的女孩和外国人会遭到嘲讽，因为他们没有获得牛津剑桥的一等成绩，因为"他们缺乏某些特质"。他们缺乏的是对制度的信心，他们认为该制度不利于自己——毕竟，像他们这样的人不会获得那么多的一等。所以这种情况会恶性循环。

——珍妮

珍妮的评论中……假设存在一种二选一解决问题的方式：要么大胆/冒险/特别，要么传统/认真。

攀登珠穆朗玛峰或与喇嘛喝茶（"正如上周达利对我说的那样……"），如果拥有先决条件的话，谁都可以实现。就取得好的考试成绩而言，真正限制并阻碍弱势群体的其实是他们缺乏取得这些先决条件的渠道。这与考试题目如何设置，分数如何评定是无关的。

在一个糟糕的社会里，你经历的教育体系也是糟糕的。在一个矛盾丛生的社会里，你只能大海捞针，沙里淘金。玛丽在工作中拼命地区分珍珠与淤泥。但可以这么说，她被困在淤泥沼泽中了。

——XJY

天呐，从一些评论判断，你会认为写博客是一种考试。珍妮的观点是合理的，而XJY对此的论辩是站不住脚的。"有趣"常被用作代码，表示"符合打分者的整体偏见"。本应该让学生清楚地了解规则，但却很少这么做。让他们获悉考试的规则并不会让试卷变得简单。如果我公布吹笛考试的规则，即"考生必须能够展示出色的长笛演奏技巧"，并且2小时的考试中，其中一个问题是"出色地吹奏2小时长笛"，那仍然很难……我现在很可能会因为结构差和违背规则而获得C-的成绩。

福斯卡根本不懂比尔德教授（远不是个例）的不耐烦：学生们获得二等一的成绩后，渴望被告知不足之处，"那么，我怎么做才能获得一等呢"。与板球相比：据称，这种英式游戏充斥着将畸形等级安排视为正常的潜在意识，不过规则是明确的。如果一位球员把球打过了界线，他就得四分。如果他问起如何才能提高分数，没有人会认为他是一个不懂满足或是对分数苛求的人。他会清楚获悉，把球打过界线而不触地将得到六分。福斯卡不知道这样会破坏游戏或损害教学。

或者换一种说法：如果我驾驶考试不及格，那么我便想知道原因。

——SW. 福斯卡

我理解福斯卡的观点。但是——我的驾驶考试不止一次不及格——我认为没考过的原因比给出的原因更复杂。我拿到的试卷上可能标记了三点调头，但是真正的原因在于我无法开车，而这你又怎么把它放在勾选框上呢？

——玛丽

失败的时候，如果你问出了什么问题，并得到这样回答："嗯，你只是无法开车。"你会有什么感觉呢？这样的回复能对你有多大帮助？这种回答很模糊，丝毫没有帮助，本质上只是回避。也许他只是勾选了"三点调头"的选项框，但至少这会给你一些如何提高的建议。

你可能会因为谴责"勾选"制度而受到称赞，这种制度阻碍有才华的学生（而不是"天才"，"天才"是一个不当的词）取得高分，或者迫使资质更为平庸一些的学生陷入无奈的思维，即勾选成功才能获得分数，但是千万别批评来询问怎样才能取得更高分数的学生。回答他们！！他们没有拿到高分有原因吗？必然会有，那么便解释给他们听吧。

获得一等就意味着"满足所有的评估标准"。这些标准可能没有像"提及修昔底德（Thucydides）"那样简单明显，但不可否认，标准确实存在——即使只是存在于每位考官的脑海中。向二等一的学生解释他们如何朝着一等的成绩努力，恰是教育过程的核心，如果你不能做到这一点，我会说这个教育只是在浪费时间而已。

——鲁珀特

我在这次讨论中出现得有点晚，但仍然想说……今年，我的第二年高级水平拉丁语考试获得满分，尽管我不幸把"superiore aestate"错译成了"在更高的潮水下"。他们给出了"aestas"的意思，但当时我放弃了参考，并发现根本不可能做出这道题了（"夏天早些时候"——下午晚些时候想到的，差点把自己小腿踢残）。还有很多其他的错误我记不起来了。老实说，我觉得被骗了。英语语言能力颇高而获得额外加分这固然很好，但是拉丁语写错就是不对，根本不可能会获得满分。不是说我会把它送回去重新评判什么的，你们明白的。

——简妮

世界语与威尔士语：语言战争

2007 年 8 月 20 日

世界语能拯救世界吗？当我还是个孩子的时候，我确实学了几个这种早期全球语言的单词。19 世纪 80 年代，拉扎鲁·路德维克·柴门霍夫（Lazarus Ludwig Zamenhof）创建了这门语言（旨在促进世界人民互相理解），他是一位医生，也是一位语言学家，学贯波兰语和立陶宛语。据说，他有想过让拉丁语重回世界第二大语言宝座（对我来说，这其实更容易）。但是最后，他决定自己建立一套语言，让其友好简单，没有发音陷阱，规则连贯一致。

世界语最终变成了拉丁语和德语奇怪的结合，还含有少量的法语与意大利语（不消说带有一丝古希腊语意味的"kaj"变成了世界语中的"和"，仿照了希腊语中的"kai"）。"plena"表示"充足"，而"plenplena"则是"非常充足"（我猜这是希腊语叠词）。而"mal"表示否定："ami"指"爱"，"malami"指"恨"。明白了吗？

由于我父亲的缘故，我对世界语有些初步的认知。我的父亲，在那个时代的精神影响下，把世界语视为道德重整运动的武器——也是对威尔士语的打击（我们住在什鲁斯伯里，但威尔士语悄悄出现在我们电话电费账单的信箱中，根本无法理解）。

直到20世纪90年代，我才再次接触世界语。

那时，我的一位朋友正在写一本精彩的传记，关于剑桥大学拉丁语教授J.E.B.麦耶（J. E. B. Major）（他恰好也就读于什鲁斯伯里公学，像大多数他们那类人物一样）。原来，麦耶的众多喜好之一就是世界语（除此之外，他是一个再生的素食主义者）。而且我了解到，1907年，他在世界语协会大会上发表了讲话。

我再次回想起世界语，是在我读《剑桥晚报》时，上面有篇精彩的关于世界语协会大会在当地发展历史的文章，作者是剑桥大学编年史家迈克·配第（Mike Petty）。我还没有意识到这会议有多大的意义：协会在大学教堂和天主教会布道传播世界语；奥斯卡·勃朗宁（Oscar Browning）在世界语版本的《匹克威克外传》（*Pickwick Papers*）中担任主角；《剑桥晚报》上有一幅关于警察为处理麻烦制造者而学习世界语的漫画。还有一张市集广场上的世界语宣传摊位的照片，如今你可以在同一个地方找到动物权利保护主义者的身影。

世界语（抱歉，是世界语主义者）现在似乎有些可笑。把这种略带欧洲话风格的语言，作为通用语，似乎脱离了现实，毫无实现的可能。话虽如此，这些人自信地认为可以通过发明语言，来纠正世界的错误，这种顽强的乐观情绪着实令人鼓舞。这很像萧伯纳（George Bernard Shaw）资助建立的一套新英语字母系统。

或者，想想看，这就像富有进取心的罗马皇帝克劳狄乌斯（Claudius）为了使拉丁语本身更加简单而引入新字母。他的字母其实使用了一段时间，其形状最近甚至以字的形式，收入统一码计算机文本中。

他现在满意吗？

奥林匹亚（几乎）烧毁
……但巴黎幸存

2007 年 8 月 27 日

在近百人丧生于可怕的火灾后，我却仍在写些关于古希腊文物的事。因此首先，请允许我深表遗憾和歉意。这让我稍稍联想起 1687 年帕特农神庙的"轰炸"事件，现代的每个人都为在那一事件中失去一座宏伟的建筑而哀叹，却忘记了在这一过程中被杀害的数百名妇女和儿童。

但是，撇开良心不谈，即使在我写作的时候，我也不完全清楚在伯罗奔尼撒的哪座古迹究竟发生了什么事。

好消息似乎是奥林匹亚的希腊罗马古迹幸免于难（让我们记住，其中很多古迹源自罗马帝国时期，而非公元前5世纪希腊民主达到鼎盛之时）。希腊考古局在灾害规划方面做得非常好，几乎可以肯定的是，它的消防设备、勇敢的消防队员和一定程度的好运，着实在确保该遗址安全方面发挥了作用。

但新闻报道往往只关注奥林匹亚。事实上，周围许多遗址即使不具备奥林匹亚般的象征意义，但它们的损失在考古层面上也会造成同等的困扰。我想到了位于巴塞山坡的阿波罗神庙，它建于浪漫的山坡之上（现在神庙被一个奇怪的、几乎是后现代式帐篷所覆盖）。我们仍然不知道阿波罗神庙是否幸免。更别提鲜有人知的，位于雷克希诺山谷里的"大神母"神庙了。这之后，我们又开始担忧拜占庭教堂被烧毁。

就这一点，我要感谢散落在世界各地博物馆的文物。

假设奥林匹亚及其博物馆实际上已化为灰烬（火很快吞噬大理石，将其变成了一小堆石灰）。至少有一些宙斯主神庙的雕塑在卢浮宫会是安全的。要是巴塞的神庙被毁了，那么，将其雕带上的雕塑藏于伦敦的大英博物馆就变得像一个好主意了。

在这里，我不是想争论希腊或者其他国家文化遗产管理水平的高低（几乎所有希腊遗产的守护者——无论是希腊人还是外国人——都有为难之处）。毕竟遗产的损坏更多时候只能归咎到意外总会发生。大自然有时会把事情搞砸。换句话说，不管你喜欢与否，从美学或政治的角度来看，将这些世界奇迹分散收藏在各地具有非常现实的意义。

这里还有一个关于老式雕塑展厅的争论。如果奥林匹亚的雕塑在希腊和法国都被毁了,那么你仍然可以在剑桥古典考古博物馆的雕塑展厅(以及世界各地类似的雕塑展厅)找到复制品。半个世纪前,许多这些雕塑收藏本身就受到了(大)铁锤的威胁。现在,我们愈发意识到自己对古迹文物的管控是如此薄弱,因此我们需要以多种不同的方式来保护它们。

评论

这是篇不受欢迎的博客!几乎所有的评论都介于沮丧和冒犯、种族主义和复仇心理之间:

"把英国皇冠上的珠宝分散到世界各地怎么样?"
"你真丢人,机会主义者。"
"去你的。"
"她骨子里是纯正的埃尔金伯爵血统。"
"我们建造雅典卫城时,你还住在山洞里呢。"
"他们是希腊人,他们将永远留在希腊做希腊人。"
……

10 件你自认为知道的罗马史实
……实则错误

2007 年 8 月 30 日

在上一篇关于希腊大火的博客引起大量愤怒的评论之后，让我们尝试一些轻松的话题吧。一位博主表示，我们古典学者往往自己保守了太多有关古典世界的秘密。那么我来分享一些吧。

以下是 10 件关于罗马你自认为了解但实属谬误的事情。关于罗马的 10 个爆炸性消息！

1. 尤利乌斯·恺撒（Julius Caesar）的遗言是"et tu brute"

这仅仅是莎士比亚笔下的暗杀版本。我们最可信的古代资料也许来源于苏埃托尼乌斯，他记录的话语为（希腊语）"kai su teknon"——"也有你，我的孩子"。实际上，这句话的意思不甚清楚。如果它带有问号，就会带有疑惑、垂死的绝望意味。给它一个感叹号，它就会带有威胁色彩（"他们也会杀你的，孩子……"）。

2. 罗马建于七座山上

这里有一个严重的计算错误。帕拉蒂尼山、阿文提诺山、卡比托利欧山、贾尼科洛山、奎里纳莱山、维米那勒山、埃斯奎利诺山、西里欧山、苹丘、梵蒂冈。这里就有十座。尽管在我看来，这完全取决于你对山的定义。

3. 罗马人患有"呕吐症"（vomitoria），在丰盛的晚宴进餐间歇，会感到不适

对不起。这是一个旧话题，但"呕吐症"其实是指出口通道，可以"吐出"角斗场中的人。

4. 罗马男士穿托加长袍

好吧,他们有时候的确这么穿。但这是非常正式的穿着——有点像说"英国人穿晚礼服"。事实上,你会在罗马的街头上看到各种各样的服装,从长袍到裤子——顺便提一句以防混淆,妓女会穿托加长袍。

5. 罗马大火时,尼禄颇有雅致

如果你的理解是,罗马城遭遇大火时,尼禄视而不见,无所事事,那么就曲解了。事实上,尼禄所做的是另一种意义上的雅致:他拉小提琴(或者据说是类似小提琴的乐器)。

6. 罗马平民乃贫民

是的,罗马人,就像我们一样,有时会用"平民"或"群众"这些词来指代"大多数普通人"(也就是罗马人口中的"sordida plebs")。但严格来说,"平民"和"贵族"都是古罗马人的旧式等级划分方式。这可能喻示着穷人/无权势者对抗富人/权势。但到了共和国晚期,就有了非常富有的平民——就像马库斯·李锡尼·克拉苏(Marcus Licinius Crassus),这位富豪曾说过一句名言:如果你不能组建自己的私人军队,你就不能算作富有。

7. 角斗士们每场表演前会说:"恺撒万岁,即将死去的人向你敬礼。"

实际上,这句流行语在古典时期只用过一次,而且不是在某场角斗演出时。这显然是那些被克劳狄乌斯皇帝派出罗马城外、进行模拟海战的参与者所说的话。

8. 公元前146年,罗马人最终摧毁迦太基,他们把盐撒到了迦太基的土地上——使迦太基完全荒芜

这个观点确实有点棘手，但我知道没有一个古典作家说过这样的话。这一观点得以流通传播，要归因于 B. 哈尔沃德（B. Hallward）在《剑桥古代史》第一版中的一篇文章。而在文章中，他没有提供任何古代参考文献。

9. 罗马人比我们看起来小很多

这取决于你说的"我们"是谁。在庞贝和赫库兰尼姆古城发现的骨骼，实际上表明罗马居民平均身高比现代的那不勒斯人略高。

10. 哈德良建造长城是为了把野蛮人赶出不列颠省

除非他是个军事白痴。毕竟，长城很大部分使用草皮建成，这并不能阻止那些真正的野蛮人。纵使剩下的全用石头建成，现在人们也更倾向于认为，整个哈德良长城都旨在便于管理（也许是为了征收关税）以及促进东西部交流。

而这仅仅是位列前十的曲解！

希腊之宝与世界之宝

2007 年 9 月 4 日

我只祈祷对我那篇希腊火灾博客满腹激扬文字之人，大多读的是英文原文。这里不含任何贬讽意味。我懂现代希腊语，如果必要，我能进行源语阅读，但是只要有阅读英文翻译的可能，我总会选择译文。因此，对那些仅在希腊《民族报》（*Ethnos*）网站上，凭借对我观点曲解的片面之词，便作出判断之人，我很难驳斥他们。

问题是我的文字被扭曲了。博客中,我并非主张希腊遗产应该为了"安全保管"起见,大量分散到海外。我只是在论述,文化遗产的分散外流并非一无是处。而这部分完全出于实际考量:类似"禁止威廉王子与哈里王子同坐一架飞机出行"这种规则。

至于说我漠不关心他人感受的读者——至少是这个意思——认为我在如此特殊的时期提出这些问题("在希腊国家危机时,提出如此糟糕的看法/建议,这恰好彰显了你的人品"),请注意,在博客伊始,我就为此明确道过歉。另外,我还对17世纪,那数百名因帕特农神庙浓烟滚滚而遇难的奥斯曼妇女儿童致以了沉痛哀悼。

尽管如此,反馈之激烈还是令我有些惊讶。不光有读者谩骂"去你的,亲爱的……"(这句比其他的稍微友好一些),从许多激烈的言辞回应看,这其实更像是场关于文化遗产角色以及保护的大辩论。

一些评论提到英国王冠上的珠宝。如果这些珠宝一部分被送去纽约,我会怎么想(约翰·M等对此抱有疑问)?好吧,我的真实想法是,我觉得完全没问题——而且我还有些怀疑,即使是现在,珠宝可能都未悉数存于塔内(基于与"威廉王子与哈里王子永远不应同坐一架飞机出行"相同的原则)。再乐观些说,我去(比如)纽约大都会博物馆时,看到那些过去只在牛津郡等地出现的英格兰乡间屋舍,如今居然得以越洋重现,我真的很欣喜。游客来自与第五大道截然不同的国家地区,竟发现这里能勾起"自己"文化的回忆,我喜欢这种感觉。

反过来看,对于艺术品必须保存于某个原本的"家"这一观点，我并不认同。我也不认为那些现在生活在古代杰作创作地的人（无论他们是否为创作者的直系后裔），是世界上唯一有资格来照顾作品或是代替作品发言之人。因此，我觉得很难回答这个问题：谁给你权利，来发表对我们遗产的看法？（无论"权利"在这里是什么意思。）我不同意只有现代希腊人，才能妥善保管古希腊文物。这一关于权利的说法，同样不适用于地球上任何一个国家的文物古迹——希腊、英国、苏丹、印度等。

在这个全球化的时代，我不认为还有比要求所有艺术品都留在原创作地更糟糕的文化管理策略。说糟糕，在一定程度上是出于安全考量，在另一程度上则是出于文化交流这一重要的目的而言。

现在，先别着急点击"发送"键。我知道这里有一些举足轻重的权力政治问题。虽然我完全支持创建国际博物馆的想法，但我也注意到，所谓的"国际博物馆"现实中往往建于西欧和美国而非加纳或布基纳法索。也就是说，从历史上来看，国际博物馆与帝国主义一直有着某种程度的联系。同样显而易见的是，那些比较能够感受到文化"多元慷慨"的国家，往往是在这些过程中的净"赢家"而非净"输家"。此外，有些文化遗产也明显比其他的更非凡独特，具有较大的象征意义［把埃菲尔铁塔送到澳大利亚，与送去莫奈（Monet）的《睡莲》（*Water Lilies*），完全不同］。话虽如此，文物共享从根本而言，或许还是正确的选择。

尽管如此，对于实物古迹来说，这仍然是个棘手的问题。该问题在一定程度上，也出自其物质属性本身。我们都可以"拥有"莎士比亚、莫扎特或塞菲里斯（Seferis）的作品。埃文河畔斯特拉特福的所有权宣称，并不影响你随性欣赏吟游诗人（译者注：莎士比亚）的戏剧。戏剧、诗歌、歌剧没有边界，无限延伸，不像大理石——大理石真的会被火摧毁，尽管有人乐观保证情况肯定不会如此。如何分享世界人民在意识形态上共有的实物，此问题我们仍未开始解决。

青楼之上

2007 年 9 月 11 日

我目前在那不勒斯，要停留七天，到庞贝城做一些着实不易的工作。这也是我着手写关于庞贝的书之前，最后一次端详这座古城了。

庞贝的一处地点肯定会出现在书本某处，那便是青楼。由于著名的威提乌斯宅已经不对公众开放，青楼遂成为游览的胜地。几年前，丹麦人出资进行了很好的整修。一楼有五个小房间，每个房间都有一张大小适宜的石床，外加一个厕所，不过并无自来水。

让人百分之百确定这是座青楼而非（比如）廉价的住宿旅店，缘由在于其装饰（有许多色情画，或多或少有些乏味呆板，绘制在"客房"门口）。当然，还有涂鸦：墙上到处都涂鸦着夸谈与告解，类似于"我操了格蕾丝/我想操格蕾斯/我花两便士操到了格蕾斯"。

我想，青楼如今吸引大批游客也不足为奇。同样不足为奇的是该景点管理者也稍微能够领会个中意味了。某人无疑担心光亮照在画作上会造成不良影响，遂开起玩笑，在室外贴出"禁止开闪光灯"的通知。

但我一直很好奇，想知道楼上有什么。

青楼是座两层小楼，但楼上不对公众开放。有些书会告诉你，楼上还是性工作者的房间。还有些书则称，青楼之上是女孩们在接客间歇，睡觉或是休息的场所。直到本周我才获得批准，得以亲自一探青楼之上。

实际情况是，你会发现整洁的楼梯（底部有个厕所），还有五间房。一间是相当漂亮、装饰精美的大客厅，其余则是相似的小房间。没有明显的烹饪设施。因此，如果有人住在这里的话，除了水果和面包等物以及能在便携式火盆上煮出来的一些小吃和古代版的茶（许多便携式火盆都是在庞贝发现的），就得出去才能吃饭了。

那么，这些房间究竟作何用途呢？好吧，这里应该不可能再是"接客"的场所。至少据我所见，眼前根本没有一幅色情画，也没有涂鸦。

那用途呢？

或许，这确是女孩们的住所，四间卧室（多少工作者一起住？）外加上一个休闲区。但很难否认这样一种观点，即那间漂亮的大房间，便是罗马喜剧中典型的恶棍——妓院老板（拉丁语中的"leno"）——闲逛、清点收入、过着某种自在生活的场所（即便没有厨房）。

又或许，正如我们同行的一位朋友指出的那样，我们对此存在太多不切实际的幻想了。鉴于庞贝城大部分家用场所具有多重用途和多人居住的特点，这里便极有可能是某人的公寓，此人只是碰巧住在"青楼之上"罢了。

至于女孩们呢？她们也有可能以睡觉（或醒着）为工作。

多少学者一起才能买台咖啡机？

2007 年 9 月 21 日

学者难道真的那么无能，连家薯条店都会经营不善吗？

我通常很反感这种无稽之谈。事实上，在我办公室窗户上，有张美国保险杠贴纸，上面写着（文字差不多是这个意思）："问题是，本应治理国家之人，却忙于教学。"不提别的，这张贴纸逗乐了过路的游客。

但是偶尔，我们（或者，老实说，是我）似乎并不辜负这个谣传。

举个例子，有人提议，为纽纳姆学院辛勤工作的同事置办一台咖啡机，如此在高级交谊室（这是我们对"休息室"的昵称），一天 24 小时都能有可口的咖啡供应——替代目前每天需要换三次的保温壶，因为里面的咖啡很快就不新鲜，味道变淡，没有温度了。

这个改变的想法是在三年前第一次提出来的。详细说来就是，某个最强大脑想出个主意，认为我们应该置备一台纷雅（Flavia）咖啡机，机器会从一个小铝箔袋中，煮出一杯可口美味的咖啡。

但是存在激烈的反对之声，原因有两方面。

首先是生态游说。有些同事对这些铝箔袋垃圾造成的环境影响非常不满。还有品味警察,她们认为这台庞大的现代机器,对我们美丽的维多利亚式交谊厅而言,是种入侵,十分突兀。

我对这两方面均深有同感。我无法想象谁发明出这样一套咖啡系统,居然产生这么多铝箔纸和塑料。我也不认为这台机器与我们的交谊厅很搭。这间休息室目前是剑桥大学最美的。(我有偏见,但其他休息室大多均为男性俱乐部格调,我们的则是"淑女"风,配备了许多精致的"淑女椅子"——不为大块头伙计量身定做,这些大块头坐上去可能会看起来略显笨重。)

不过在我看来,这两种反对意见,似乎都未胜过24小时随时饮用咖啡的需求。

这些争论持续了两年(原文如此)。三月份,我成为高级公共休息室的主席(这是一个备受尊敬的职位,尽心改善同事生活,在她们生病时探望送花,为她们的新书润色推广),在餐饮主管和财务主管的大力帮助下,我决定采取一些行动。好消息是,大多数人都同意,我们可以把机器放在高级公共休息室旁边的连通室,那间房并不像休息室那样美观。更棒的是我们找到了一台略微不同的机器,可以制作"公平贸易"咖啡。

完美的折中。这台新咖啡机已经妥善地安装在连通室的橱柜上了,我们也无须受到内心谴责,因为我们知道自己在帮助第三世界的生产者。

此问题得以解决,可是在我们品尝了咖啡后,新问题又产生了。

这的确是"公平贸易",但也是速溶咖啡。这时,另一批品味警察突然冒了出来,她们的观点听起来完全合理。她们说想要"好喝"的咖啡,并不是说要速溶咖啡。

那么,你怎么处理这台新装好却没人想使用的(昂贵)咖啡机呢?呃,首个解决办法是,在学院里找出另一拨人,她们,支持最初的想法,即使用对环境有害的纷雅咖啡机(生态战士承认自己被打败)。

唯一的麻烦就是,纷雅咖啡机超出大约一英寸的位置,放不进去。这意味着要么我们让维修部调整橱柜,要么我们用新咖啡机去换财务主管更旧并且稍微窄点的那台。当然,财务主管——一位坐在小椅子上看上去有点傻的大块头家伙——多年来在他的办公室里,一直装了一台不环保的纷雅咖啡机。

这就是学术人士的日常故事。

(在所有人写信抱怨我们浪费公款等之前……我向你们保证,这只是我们在"业余时间"所做之事。)

评论

花费三年买台咖啡机?假设你们这些学者在过去三百年里掌管英国政府。你们可能现在正谋划要掠夺半个地球,你们中肯定不会有后殖民时代的焦虑感。在剑桥郡,我从来没有喝过一杯真正能喝的咖啡,主要是因为劣质咖啡豆烘焙过久,在煮咖啡的过程中以及煮完后温度又过高。

——大学老师们

可悲:Quae tibi, Barba, bonum profundet machina potum ? Flavia non est, nec Gaggia, sed Magimix!(比尔德,对你而言,

什么机器能煮出好喝的咖啡？不是纷雅也不是加吉亚——难道是胶囊咖啡机？）

——迈克尔·布利

感谢所有人耐心看待这个小故事。此事结局美好——因为我们现在已经成功安装好一台纷雅咖啡机，所有相关方都很满意。有人告诉我（我很高兴），本科生交谊厅现在也有了一台纷雅。家政部门为公平贸易咖啡机投标，对此每个人都很满意。

——玛丽

在距离纽纳姆学院不远的另一处剑桥大学高级公共休息室，我们有台喜人的小型咖啡机，可以满足研磨新鲜咖啡豆的需要，可以根据饮者喜好煮出各种容量的完美意大利咖啡。咖啡机的显示屏上偶尔会出现一些隐晦的信息，要求清洗、除垢或添加更多新鲜的咖啡豆。但在大多数情况下，只要按下一个按钮，它就能自己把事情做得非常好，而这咖啡是我在剑桥高级公共休息室中喝过的最棒的咖啡。我强烈推荐这台咖啡机……你必须逐个参观剑桥的学院才能找到它！

——阿农

为什么你们财务主管会有一台自己的咖啡机？就拿他的用吧！

——德克斯·托里克-巴顿

肯尼迪《基础拉丁语语法》之性秘密

2007 年 9 月 25 日

周末,一位朋友给我发了封邮件,主题是关于肯尼迪的《基础拉丁语语法》(*Latin Primer*)。这位朋友之前在《卫报》上读到一篇很早的文章,作者是瓦伦丁·坎宁安(Valentine Cunningham),同样颇具盛名。坎宁安认为,此书附录中的"拉丁语实词的阴阳性记忆法"有着"同性恋信号"的意味——换句话说,这种记忆法掩盖着一系列鸡奸的暗示。如此评价肯尼迪是我之前没有遇到过的。

向那些没有把肯尼迪列在睡前书单的人解释一下,这些"记忆法"是一系列顺口溜,用以帮助年轻学习者记住哪些拉丁语名词是阳性,哪些是阴性,哪些是中性。("名词无变格/应该用中性……"这是众多辅助记忆的顺口溜中的一个。)从我父亲一生对其铭记来看,这些顺口溜曾经深深镌入年轻人的脑海中。只是在我的时代,它们似乎已经有些年代感了。

本杰明·布里顿(Benjamin Britten)在其歌剧《旋螺丝》(*The Turn of the Screw*)中,反复使用这些顺口溜(毫无异议,剧中存在同性恋元素),这勾起了坎宁安的兴趣。吸引我注意的是,坎宁安说,经过审慎选择顺口溜中的遣词,老肯尼迪本人——其《基础拉丁语语法修订版》在 1888 年出版,目前仍有较大影响(尽管我们现在已经不用什么顺口溜了)——在字里行间传递了同一则信息。

乍一看,我不免想要挖苦。但做了些许功课后,我的嘲弄之心渐渐退去。

以下是坎宁安和布里顿感兴趣的例子（你必须大声读出，才能品味其间意味）。

观察发现，许多名词均属阳性：

amnis, axis, caulis, collis,

clunis, crinis, fascis, follis,

fustis, ignis, orbis, ensis,

panis, piscis, postis, mensis,

torris, unguis and canalis,

vectis, vermis and natalis,

sanguis, pulvis, cucumis,

lapis, casses, Manes, glis.

肯尼迪将他所提的拉丁名词译成了严肃正经的版本："河流、轮轴、茎秆、小山、后足、头发……"坎宁安指出，里面大部分词汇均有其他内涵。"clunis"（肯尼迪译为"后足"）还表示肛门；"caulis"（"卷心菜茎秆"）也可以指阴茎；"follis"（"风箱"）是阴囊的俚语，等等。

对坎宁安来说，这是对"语言学领域其他拉丁语大师"开的"校长玩笑"。我翻阅了淫秽拉丁语手册——J.N. 亚当斯（J. N. Adams）的《拉丁语性词条》（*Latin Sexual Vocabulary*），以便验证这些词汇（我想坎宁安也是这么做的）。我发现我也同意，这里很多拉丁语词汇的第二含义确实带有明显的性意味。

再深入研究，我挖出了一篇回应坎宁安的文章。这篇文章的作者是克里斯托弗·斯特雷（Christopher Stray），他比现今所有人都了解本杰明·霍尔·肯尼迪（Benjamin Hall Kennedy）（什鲁斯伯里学校校长，剑桥大学希腊语钦定讲座教授）。斯特雷对整个想法大泼冷水。首先,肯尼迪是在亚当斯研究拉丁语性俚语之前一个多世纪出生的,而他使用的拉丁词典(刘易斯和肖特编撰——仍然流行)并没有记录很多这样的"双关语"。此外,肯尼迪已婚,有一个儿子和四个女儿(其中两个孩子名叫玛丽昂和朱莉娅,是假借父亲之名真正编写《基础拉丁语语法》之人——斯特雷本人认可的观点)。如果他把淫秽语译成平淡的委婉语("后足"指代"肛门"),那不过是维多利亚时代的假正经罢了。

观点合理,我也不愿与斯特雷唱反调。但我仍然有一种感觉,无风不起浪,无火不生烟。肯尼迪使用的刘易斯与肖特词典,或许确实对许多淫秽语闭口不言,但它依然将"caulis"译为"阴茎"(无论如何,我敢打赌,19世纪末敏锐的拉丁语学者,肯定知道得比字典多)。至于肯尼迪已婚有子这一事实,并不能证明他对那个时代的男同文化不甚了解。

另外,研究得越多,此事就越可疑。我们很容易就可以注意到在肯尼迪使用的"panis"一词后藏着另一个词。退一步讲,只要看看其他"记忆法"就会发现,所有可疑的词似乎都聚集于"阳性"的顺口溜之下,这实在太怪异了。

但千万守口如瓶,否则他们会加以禁止的。

评论

《古典学会新闻》(2004年6月)中,有一封信来自肯尼迪的重孙女。她强调这些顺口溜的作者不是肯尼迪,而是肯尼迪的女儿朱莉娅和玛丽昂。她补充道,认为这些女士会通过一本语法书来影射恋童癖实属荒唐可笑。权衡一下可能性,你会觉得她说的不是没道理。

——迈克尔·布利

"那咆哮的是什么？／是汽车吗？／是的，烦躁刺耳的轰鸣声／indicat mororem bum（译者注：拉丁语，意思是"预示着汽车"）。"这是我们退休的印度行政校长经常背诵的内容（在这里，印度指的是地点而不是国籍）。

——维纳布尔斯·普雷勒尔博士

关于淫秽语与拉丁语法，你知道下述隽语吗？此话出自亚努斯·塞昆德斯（Janus Secundus, 1511—1536）之口，又在《回忆录》第一卷第二章中被卡萨诺瓦（Casanova）再次提及。

Dicite, grammatici, cur mascula nomina cunnus, Et cur femineum mentula nomen habet.

（告诉我，哦，语法学家们，为什么 c*t 是阳性名词，而 p*ck 是阴性名词。）

卡萨诺瓦说道，这是他 11 岁时，一位英国人向他提出的挑衅问题，他机智地回答说：

"Disce quod a dominis nomina servus habet."

（"要知道奴隶是冠主人名字的。"）

——PL

东方主义……或者，
名称中的意涵是什么？

2007 年 10 月 1 日

在剑桥大学东方研究系正门，我刚刚看到了一则新的通知。它就在那严禁将自行车停靠窗边的警告旁（剑桥大学此项禁令形同虚设），以同样严厉的口吻宣布："更名。本系现更名为亚洲与中东研究系。"

我确信这肯定经过了长期讨论。我也理解他们为什么想要更名。"东方"一词现在散发的"东方主义"色彩让人无法接受，蕴含着西方人对稍偏东方文明的粗俗建构：颓废、柔弱，同时又略带威胁性。（希腊人对波斯人的看法如此，罗马人对希腊人的看法如此，依次往西类推。）首先，你如何向一群大一新生解释"东方"系，为什么该词与他们内心对其的定义认知并不完全一致？更重要的是，你如何让他们在一开始愿意申请用着这个名字的专业？

这有点像把进行"女性研究"的称为"第二性系"。

尽管如此，我还是不由自主地觉得，沿用这个旧名字，也许会显得更勇敢、更自信。毕竟，有不少同行是这样做的。目前没有任何迹象表明，芝加哥大学东方研究所会更名为亚洲与中东研究所。同样，东方与非洲研究学院似乎也对现在的名字很满意。

更明智的做法，难道不是将"东方"这个形容词重新纠正为一种可以接受的标签吗？

这类问题有形形色色的例子。我的博客最近有个评论，要求我使用"BCE"而不是"BC"来表示"公元前",我必须承认,他说的有一定道理。近来我正尽力养成政治正确的习惯。但是,不,老实说,在"基督教"意味上,"BCE"强调得并不比原来的"BC"少。如果将"BCE"直译为"公共时代前",那么(除非你改变计数系统),这不就是显然承认基督教时代是公共时代吗?而世界其他宗教为什么要接受该说法呢?

我想为自己辩护说,我没有屈服于"异教徒"这个表达——尽管我一直用这个词来指代古希腊罗马多神教,尽管这其实是基督教创造出来的贬义词汇,而"多神主义公民"(这才是我们应该使用的称呼)几乎从不使用。

我并没有把头完全埋进沙子来逃避现实,也不是认为使用准确含义的词汇不重要。但是,受政治风潮影响并不总能带来最佳的政治行动方针。纠正那些压迫式的语言不是更好、更聪明吗?看看"黑人"这个词。在我孩提时代,如果你被抓到使用"黑人"这字眼,是会受到狠狠训斥的。如此看来,"黑鬼"出现某个非贬义的版本也只是时间问题罢了……尽管它现在听起来似乎带着可怕的殖民主义口吻。"酷儿"也是如此(译者注:"酷儿"英文为"queer",原是西方主流文化对同性恋的贬称)。在我的学生时代,这个词足以让人被赶出大学酒吧。而现在,我们都在用"酷儿理论"。

因此,重新定义"东方"而非将其更名为暂时可以接受的委婉词,难道不是更为明智的做法吗?

评论

如果迷人神秘的东方遭到驱逐,那么大家可能会好奇,它的近亲"黎凡特"会怎样？

——维纳布尔斯·普雷勒尔博士

剑桥大学无疑只是在盲目模仿，不是模仿大英图书馆（东方与印度办公室→"亚非研究阅览室"，大约在2005年），就是模仿利物浦艺术系（考古学、古典学与东方学研究学院→考古学、古典学与埃及学研究学院，2004年）……问题不在于"东方"这一类别有没有受到玷污，问题在于其他任何可替代的类别无疑同样受到知识/权力的操纵。"黎凡特"只是个法语（由意大利人引进）版的"东方"，意思是"升起"。

——SW. 福斯卡

这种情况下，"东方"可能是一个更好的名字——到底是谁定义了整个东方的形象，谁决定东方与什么含义捆绑一起？又是谁定义了什么是远东，什么是中东，什么是近东？

——XJY

给新生的小贴士——来自一名老教授

2007年10月8日

开学第一周过去，新生刚刚经历了愈发荒谬的"新生周"仪式。我认为过去新生自己举办的旧仪式也没什么不好的：稍稍纵酒，酒后离场，却发现认错了同行的伙伴，但这种巨大的尴尬感不久也会过去。而现在，我们老师却觉得必须向学生灌输量大到荒谬的"信息"。

他们有去听讲座，去工作坊，有接到传单，这些都在告诉他们如何安全骑车，如何安全性交，如何写论文，如何识别脑膜炎，什么是剽窃，图书馆如何运作（一式三份），如何处理预算，如何一面享受快乐，一面不因二等一的低分妨碍梦想的实现——而至此，这些新生甚至还没见到系主任，没有收到上课日程，没有正式上课。

我们一定是疯了。除了新生入学，其余时间我们都非常清楚，高智商青年平均一小时能吸收多少信息。但在学期一开始，我们就会忽略这个。尽管只需要看看我们许多大一新生骑自行车的方式，就会发现安全骑车的建议被置若罔闻。幸运的是，对于他们中的大多数而言，经验教训会给他们上一堂课。

那么，我们为什么还要这么做呢？部分是出于情不自禁的好意，部分恐怕还是因为"勾选框"。某个更高的权威机构会问（政府或是学生会），你有没有向学生解释艾滋病 / 剽窃 / 贷款管理……？是的，先生，我们有这么做。

如果是我，我会将时间缩减到一小时左右，快速了事。

如果只能给他们一条建议，你会怎么说呢？

显然是：记日程。这条建议，对"大"（Uni，学生现在对大学的新奇叫法）的一年级学生而言，会带来最大的效益及效率，让他们养成良好的工作方式，并且愉快地生活。你会惊讶地发现，有很多学生试图管理复杂的日程安排却不做日程表。总的来说，很多旷课，不是因为懒惰等原因，只是因为没有在小本子（或者是黑莓手机）上，记下时间和地点。

有了日程表，较难的是知道把什么放在首位。不过我接下来想说，管好你的脸谱（Facebook）。是的，这是个很棒的新式交流媒介。但你要知道，你的讲师可能也会使用。所以，当你说（慢慢进入我的最后一点！）因为生病不能去上辅导课，却在不久前于脸谱上发了67张美好的大派对照片时，你的老师是会发现的！

最后，像对待人类一样对待你的老师。我真的受够了被当作某种教学机器，被编程来传授罗马历史知识，风雨无阻……没有任何感情。在很多场合（……哦，亲爱的，你终于不再旷课了），学生们为几天前没有来上辅导课而道歉，欢快地说道："对不起我没来，我身体不舒服。"你不会因为生病，直接不出席接受的晚宴邀请：你会提前通知主人。所以，请给我们同样的礼貌待遇。

评论

我在美国一所两年制大学任教，得知你与学生和我在这里存在同样的问题，这既可怕又美妙。所以，无论在剑桥大学还是别的学校，学生都一样，是吗？

——哲学家P

关于新生周，我唯一记得的是，学院财务主管在空中举起一条纸巾，告诉我们不要把纸巾冲下厕所，但随时可以用纸巾把我们的头发拿出浴室排水口。

——让

在院长的新生动员大会上，我唯一记得的一件事是，院长说："当然，你们将会毕业——别担心，大学决不会让你们思想混沌。"我真想知道为什么其他人不笑。可怜的同伴，也许没人告诉过他们。

——奥利弗·尼科尔森

我的书在亚马逊销售情况如何？

2007年10月19日

许多人去亚马逊购书：购物便捷，而且如果亚马逊没有系统性地摧毁所有当地书店，那么亚马逊完全是个满分企业。作者一般都会偷偷访问亚马逊网站，查看自己书本的销售情况，看看书本在亚马逊销售排行的上升（和下降）情况，也就是写明"图书商品里排第47543位"那处。

实际上，这个数字有些奇怪。前几天，在亚马逊（美国网站）上，我的关于罗马凯旋式的新书（即将在英国销售）位列第二，我特别开心……但是，该排名将此书列入了"一般几何学"的子类别。（它是如何被归到"几何学"的，这让我很困惑，但即便如此我的心情也很愉悦。）

每一位作者都想知道的是，需要多少销售量才能提升自己在亚马逊的排名。我一直怀疑我们看到的只是单纯的数字。但有一天我有了证据，我丈夫有本关于图标的书，那天他决定从亚马逊购买4本自己的书，而在亚马逊购买比从出版商那里买方便得多，价格也一样便宜。结果，他的排名就上升了超过25万名次。

还有那些直抒胸臆的买家评论。这些文字究竟是真正的买家所写，是作者付费请朋友所写，还是讨厌作者的人所为？它们是否就像猫途鹰（TripAdvisor）上，那些坦率的酒店评论一样可疑（"这是比奇维尔最好的酒店，比隔壁糟糕的阳光酒店好太多"）？

只是偶尔，评论者才会承认他或她的偏向（"乐意承认……我和作者住在一起"）。但大多数情况下，我们只能猜测，这些通常匿名的评论，是否是作者密友、情人或是出版商所留。老实说，我怀疑（虽然无法验证）大出版商有一支亚马逊评论小组，他们以"剑桥大学杰里米"之名，对名下的新书大肆吹捧。

一位大学教授的生活缩影

2007 年 10 月 22 日

我收到了几封邮件，询问我们这些大学老师到底有什么工作任务。每每我告诉别人，我的主要工作任务就是每年要上 40 节课时，通常都会得到这样的回复，比如"你说的肯定是一周吧？"……而当我解释说"不，一年"时，他们就会发出难以置信的嚎叫。

实际上，无论每年是否上 40 堂课，在学期中，我们的工作时间，肯定不止每周 7 天，每天 12 小时。

我所能做的，就是给你们逐个小时介绍一下，上个星期我度过的一天，一天典型的大学老师生活。这不含抱怨的情绪，因为我确实喜欢这个职业。但是，对于有些误认为我们生活悠闲的看法，还是需要加以纠正的。

好的，让我们以上周三为例。

我的工作从早上7点开始，要读3篇长篇幅的学生论文并给出评论。老实说，如果换个日子，我可能已经在前一天晚上完成这3篇的批改。但周二晚上，我大部分时间都在给一位年轻同事进行模拟面试，回到家时，我读了我的一位博士生的作品，而这一直忙到大约凌晨1点，我实在是没办法批改这3篇论文了。

上午9点我骑车去系里。路程花费了20分钟，因为我比其他人速度慢一点，但是在路上，我一直在想待会儿的课程。到达时，我应该再稍稍备下课，但是我和一位学院同事开了个会，讨论教学计划。剩余时间则几乎只够我在10点上课前，复印一页额外的分发材料。

10点，我和120名大一生谈论了波斯战争和东方主义。有多少人读过爱德华·萨义德（Edward Said）？没人读过（但是，这群学生在地图测试中，做得比上一届学生好太多，所以我也就没那么生气）。

11点，我和那位博士生待了一个小时，前一天晚上读的便是他的作品。12点，我的一位哲学硕士过来，和我探讨关于罗马自由民的研讨会，他将在两个星期后于其上进行演讲。

因此，在我们19世纪历史项目的周例会上（12：30—2：00），我迟到了，部分是因为我去餐厅买了个三明治，打算边走边吃。我们讨论了两篇前达尔文主义文章，关于女性之美，内容十分精彩。但我必须在会议结束前溜出去，这样才能在2点回到学院，开始两个小时的面向3名大二本科生的辅导课，内容是关于罗马宗教，今早第一件事就是读了他们的论文。

下午4点，我刚好有时间查看邮件，自从我上次查看邮箱到现在，大约收到50封邮件。之后，我得骑车去车站，赶上5：15的火车，去伦敦参加一次女校友活动。在去和回的路上，我仔细阅读了一篇投到期刊的文章，因为我在这家期刊帮助审校文章，我还读了一些第二天招聘面试和教师教学委员会的资料。

晚上9：52回家，11：30前到家，在处理了积压的邮件后，我开始阅读另一位博士生寄来的大部头作品，但到了凌晨1点，我很快就精疲力竭，于是上床休息了——打算早上7点再工作。（我差一点就完成了工作。）

是的，我承认，那时我喝的酒已经超过一个饮酒单位的量，即超过现在推荐我们中产阶级职业女性饮用的酒量。

评论

对牛津剑桥的学者从未有过任何工作时间要求，也没人计算出我们的真正时薪，这不是很搞笑吗？

我现在严肃考虑劝阻人们从事学术行业：工作时间长；认可落差大；工资又微薄（学生的薪酬在毕业一年左右都比我们多）；表面上的养老金缴款可能会增加，实际薪酬却反而因此缩水；行政任务繁重，而我们选择该职业的唯一原因——做科研——却总是被推到次要位置，无法满足。老实说，在剑桥，我和年轻的同事之所以能够勉强养活自己，全仗另一半薪资丰厚。

这听起来不合常理，虽然我爱科研与教学（除了偶尔遇到严重不会读写的本科生），但我无法理解大学现在如何吸纳与留住优秀的教职工。我们唯一的依靠似乎就是声誉（以及学者的威望）。

——JS

我肯定 JS 是对的,牛津剑桥的学者们特别忙,有学院的辅导和授课任务(另一方面,学期变短了)。当然,学者(包括我在内)的薪水很微薄。但是,"老实说,在剑桥,我和年轻的同事之所以能够勉强养活自己,全仗另一半薪资丰厚"。这是一种误导。很多人(包括在薪酬丰厚的伦敦东南部地区)的收入均低于学者,但仍能设法养活自己……别的雇主(包括其他大学!)不会像(许多)牛津剑桥学院那样,为新员工提供丰厚的住宿、餐饮等福利来补贴微薄的工资收入。我女朋友是剑桥的学者。难道她会因为生活不得不离开我去找一个城市中的百万富翁?!

——理查德

我最爱的 5 部罗马著作
……遗失的经典

2007 年 10 月 29 日

古典学者可能是群不幸的人。你会发现,虽然有如此丰富的古希腊罗马作品完好幸存,但是古典学者仍会为遗失之物而哀叹。

我们现存的大部分古典文献,都要归功于中世纪僧侣们的努力,归功于他们尽心地誊抄保存这些文献。僧侣们的保护工作做得很好,但也确实有一些奇怪之处。你有没有忽然意识到,多少欧里庇得斯的剧目名以字母"i"或"e"开头(或是希腊语中相似的"hi"或"he"):《伊菲革涅亚》(*Iphigeneia*)、《希波吕托斯》（*Hippolytus*）、《厄勒克特拉》（*Electra*）、《海伦》（*Helen*）、《赫卡柏》（*Hecuba*）……看上去就像不知怎么的，在某一天，这些按字母排序的全套大师作品，独独仅有某一卷幸免于难，而其他的均在火灾、洪水等灾难中遗失。

在埃及沙漠的古代莎草纸中，偶尔也会收获一项大发现。希腊喜剧作家米南德（Menander）的大部分作品，都是这样为我们所知。亚里士多德的《雅典政制》（*Constitution of the Athenians*）也是如此（如果你认为僧侣们不去搭理米南德正确的话）——实际上，此书很可能是亚里士多德的一位研究助手所为，不过对于任何对雅典历史感兴趣的人来说，这仍然是一项伟大的发现。

在赫库兰尼姆古城莎草纸别墅的新发现中，我希望找出什么文献呢？在那里，18世纪的挖掘者找出大量莎草纸卷，其中绝大多数（我现在要向哲学同事道歉）都是一些相当沉闷的论文，作者是菲洛德穆（Philodemus），一位伊壁鸠鲁派哲学家。

我承认，对该别墅之后的更多挖掘发现，我并未抱有太大兴趣。这有各种原因。第一，我认为如果你有数百万欧元可供消遣，你最好别再想着保护赫库兰尼姆古城中已被挖掘之地，那些地方已经严重损毁，无法撑到下个世纪。第二，老实说，我不确定我们是否还需要大量的古典文献，因为我们还没有研究透已得的众多文献。第三，目前从莎草纸别墅得到的，大部分都是菲洛德穆的作品，如果我们再深入挖掘，是否会找出更多不同的作品，从理性的角度，我没抱太大希望。（此地显然是痴迷菲洛德穆作品之人的港湾。）

但是如果让我挑选5部已经遗失但我很喜欢的古典著作，

能在这熔岩覆盖之地找到,我会选哪 5 部?

第一(我会尽量遵守拉丁语著作并且在 79 年维苏威火山爆发前写就这两点)是《小阿格里皮娜自传》(Autobiography of Agrippina),小阿格里皮娜是尼禄生母。

我们知道她写了一本书,大篇幅文字都是她丈夫克劳狄乌斯之死(那些毒蘑菇?),此书若能发现肯定很有趣。另外,我们需要更多古典世界女性的文学作品。

第二,我会选奥维德的戏剧《美狄亚》(Medea)。这在一定程度上是基于一条原则:一个人永远不会厌腻奥维德——没有人比奥维德更睿智风趣了。如果能看到他如何描写嫉妒心理引发的杀子事件,那就太好了。

第三,我想读西塞罗的完整诗作。可怜的老雄辩家西塞罗,他的诗歌实在没有得到很好的出版。虽然他在一篇文章中,引用了自己的史诗《论自己的任职》(On His Own Consulship)中 70 多处诗句,但却仍没太大帮助(因为我们从其他文献得知,史诗中有句闻名的打油诗"O fortunatam natam me consule Romam",意思差不多是"罗马天生是座幸运的城市,在我任职最高行政长官,写下这首小曲时"……)。如果找出了完整的诗作,我很想看看究竟是什么样子。

第四,做个谨慎的选择。我会选恩尼乌斯(Ennius)的《编年史》(Annales),这部史诗有数卷之多,讲述了从特洛伊沦陷到公元前 2 世纪的罗马历史。在维吉尔之前,这是罗马的民族史诗。虽然有些诗歌碎片得以幸存,但数量还不足以让人了解整体情况。

第五,做个恣意随性的选择。我选阿布里修斯·梅利奥尔（Umbricius Melior）的《占卜手册》（*Handbooks on Divination*）。梅利奥尔是位肠卜师（伊特鲁里亚占卜家），深得短命皇帝加尔巴（Galba，继尼禄死后，于68—69年任罗马皇帝）喜爱。众所周知，他曾写过关于自己占卜之术的手册。本书是内行对如何从肝脏和鸟类飞行中解读预兆的看法……这可能有助于我们了解这一古典信仰是如何运作的。（下面是宗教历史学家发言！）

有人有更好的主意吗？记住，请选79年以前的作品。

评论

评论中确实有其他想法：

康涅利乌斯·尼波斯（Cornelius Nepos）的其他作品

克劳狄乌斯皇帝的《伊特鲁里亚史》

诗人卡尔乌斯（Calvus）和辛纳（Cinna）的作品

库尔提乌斯·鲁弗斯（Curtius Rufus）的前两本书

苏埃托尼乌斯（Suetonius）的《名妓传》

克洛迪亚（Clodia）对自己与卡图卢斯（Catullus）关系的解释

瓦罗（Varro）的"三头怪兽"（《论前三头同盟》）

索皮希雅（Sulpicia）的剩余诗集

伽卢斯（Gallus）的爱情论

阿提库斯书信集……

但有些读者还有别的看法：

有个关于欧里庇得斯作品流传的有趣想法……你上面列出来的欧里庇得斯戏剧中，一些是以"Eta"或"Epsilon"开头，为什么不能得出这样的推断假设：根本就没有以"Zeta""Theta"开头的剧作名称？我现在开始挖掘不是菲洛德穆所写的作品……他的作品可能并非大作，但我不认为西塞罗的诗歌就一定会更好。而且，你真的读过菲洛德穆的诗歌吗？读完你可能会喜欢上他的诗歌。

——詹姆士

该博客让我回忆起几年前在一次会议上的对话，当时人们本着孤独的高地姑娘对华兹华斯的看法为原则（编者注：孤独的高地姑娘是华兹华斯诗歌《孤独的割麦女》中的主人公），开始列举一些他们感兴趣的书籍。有人建议"宙斯的《劳埃德 - 琼斯裁判》"。有人建议"塔西佗写的《塞姆》"。（编者注：罗纳德·塞姆有书名曰《塔西佗》）有人机智地问："《罗马君王纪》（Historia Augusta）作者写的《赛姆》怎么样？""他们找不到人签合同。"有人回应。

（编者按：不可译的古典笑话。）

——奥利弗·尼科尔森

为什么雅典人不给女性投票权？

2007 年 11 月 8 日

我感冒了，心情有些阴郁，所以，我不怎么想连续上 3 个小时的雅典民主批判（古今）课，但是剑桥大学一年级学生却让我融入了课堂。（如果他们不这么做，授课的价值就会大大降低。)

旧时我们回避的一个问题无疑就是女性问题。为什么公元前5世纪可爱的雅典民主人士，没有给予女性政治权利？我们会因为雅典人没这样做，就对他们评价大打折扣吗？

人们很容易以现在的视角看待问题。但是你不能用现代标准来衡量古雅典。在雅典文化中，女性被视为政治绝缘者。她们的工作是为城邦哺育后代。从该定义上说，她们无法从事（男性）公民的工作——承担责任、审慎决议。当然，这与我们现在不同，但古人确实如此行事，不仅仅雅典人如此。

这样倒也可以接受。但问题在于，试着想象一下，以这些框架衡量女性究竟如何。从定义上来说，女性与政治权力绝缘，让她们参与政治非常疯狂（不消说，该问题存在于许多国家，不仅仅是公元前5世纪的雅典），但这样的观点究竟该如何评价？

我们尝试用儿童进行类比。如果现在有人建议，10岁以下的人应该有投票权，我们就会用类似雅典人反对妇女投票的任一论点进行驳斥。儿童无法理解他们要做出的决定。他们仍然需要父母的保护。把国家或财政的重大决定委托给他们，是不负责任的行为。简而言之，这太疯狂了。

然而，我们能否想象，在遥远的未来，有个儿童享有投票权的世界？我们能否想象这样一个世界，他们嘲笑我们21世纪人的"愚蠢"，我们剥夺聪明女孩的公民权利，只因为她年仅9岁，却把95岁老态龙钟的老太太送到投票站，行使投票权，支持早上碰巧收获其芳心之人？

也许我们还是能想象这样的世界，也许在这个过程中，我们开始渐渐理解雅典人厌恶女性的理由，从而以一种不同的视角接受古典世界。也许在这一过程中，我们也能够更深入地领会"儿童投票设想"的内涵。

也许我的喉咙在这探讨之乐中，渐渐平复，疼痛感渐渐消失了。

想要格言？请用拉丁语

2007 年 11 月 26 日

众所周知，寻求标语的社会，肯定需要拉丁语——拉丁语通常在表达方面，比我们贫乏的英语母语更为简练，也更具哲理。我的意思是，你能用我们母语，这样利索地表达"Per Ardua ad Astra"吗？译成"飞越逆境，抵达星辰"（Through struggles to the stars），似乎过于冗长。虽然实际上只多出一个单词，但是读起来感觉有 3 倍长。我看过一些不错的戏仿，差不多都是如此……"Per Ardua ad Nauseam"（飞越逆境，永不止步）或者是"Per Ardua ad Robin Reliant"（飞越逆境，里来恩特知更鸟）（与"Astra"无法相提并论）。

我知道拉丁语的优点是为大众认可的，因为在剑桥，我们学院收到很多请求。橄榄球俱乐部、慈善机构、英国女性组织等请求我们把一些鼓励性的陈词滥调，变成拉丁语标语，于是我们专门指定了一位格言写手。某教授（我不打算透露他的名字，担心增加他的工作量，让其无法应对）一直很忙。

最近在设计英国国家口号的大赛中，参与的拉丁语入门者分为两个阵营：一些把现存的拉丁语标语稍加调整以便适用。

但大多数人，都在首次尝试使用自己皮毛的拉丁语知识进行创作。结果就是出现了我的老同事们会称之为"阿尔法/伽马"的情况——有些确实不错，但却被那糟糕的拉丁语语法严重拖累（或者换句话说，对他们掌握的拉丁语感到失望，也为他们智慧的火花所感染）。

谨慎来说，真正把拉丁语用对的是"O tempora O mores"（"时代呵，礼俗呵！"）。这是引自西塞罗公元前63年在元老院发出的怒骂之词。他用这句话抗拒那个时代的原则，反抗恐怖分子喀提林（Catiline）。在西塞罗眼中，喀提林正在摧毁罗马文明，并计划对罗马进行"核打击"。唯一的问题在于，喀提林可能是位相对无辜的傀儡，是西塞罗的假想敌，西塞罗只是在为即决处决这样残忍的做法找寻借口（或者，在我们如今的和平时代，这等同于未经审判就处以拘禁）……喀提林根本不是个危险的"恐怖分子"。那么语法相对合适了，然后呢？

创造自己的拉丁语，难度在于如何使之听起来睿智顺口而不"蹩脚"。能成功做到这点的不多。有几个人承认自己这方面能力不足。其中一个说，"国家格言为懦夫定做"。这句在拉丁语中可能娓娓动听，但他却没勇气将之译出。还有人询问，"上唇紧绷，处变不惊"这句的拉丁语应该怎么译？

那么拉丁语译文怎样说呢？

好吧，我们必须回忆老师传授给我们的知识。翻译拉丁语不能"字字对应"……而应寻找对应的信息块（这也是为什么他们说将丘吉尔的演说译成拉丁语是对理解能力的极大锻炼——这项工作我自己年轻时花费了很多时日）。

因此，拿之前的例子来说，我们不会译成"Tene labrum

rigidum"（字面意思是"上唇紧绷"——这句话甚至罗马人都无法理解）。源语的句义更像是"Vincit qui se vincit"（"征服自己，才能征服世界"——关于自我控制的格言）。实际上，这有点作弊嫌疑，因为这个标语很久之前就有拉丁语版本，收录在公元前1世纪不被人看好的谚语集中。

至于"懦夫"一说法，这肯定涉及拉丁语词汇"molles"（"柔软，软弱"），但我还不太确定如何翻译"国家格言"。大家有什么想法吗？

至于其余的，有太多搞笑"蹩脚"的拉丁语（别忘了，大多数"蹩脚"的标语实际旨在搞笑）。抱歉，用"Perdissimus homines sumus"很好——但还需要恶补学习如何以名词和形容词结尾啊（假如你坚持此句，"Perdidissimi homines sumus"——"我们是多么可怜的人"）！虽然我很喜欢"Magnus frater spectat te"（"老大哥在看着你"），但我还是会选择"Omnes videantur"（"让一切都被监视"）。同样的原则可以适用于翻译丘吉尔的演讲：找寻信息块，不要字字对应。

我会选择哪句作为自己的座右铭呢？呃，我要选择真正的拉丁语，有一句甚得我青睐："Capax imperii"（"有统治力"）。

虽然单看这句似乎有特别自鸣得意之意，但你需要知道下一句是什么。因为拉丁语原文的两个词，是历史学家塔西佗某句话中的前半部分，总结了在位数月的老加尔巴皇帝（68—69在位）的职业生涯。下句才是关键。塔西佗说，在加尔巴登上帝位之前，他看上去很有能力，但事实证明并非如此：他是"capax imperii nisi imperasset"。即他只有在没有统治的时候，才是一个好的统治者。或者，正如一位聪明的翻译所言，"他过去有个美好的未来"。

确实,这便是英国:capax imperii……nisi……(别忘了"nisi"。)

第 3 编

2008 年

劳工古典学家——及新年计划

2008年1月1日

今天是新年,也是我的生日(好吧……53岁生日)。我每天都对学习保持着在其他情况下对玩乐的热情,而这恐怕已经渐渐形成习惯。

芝加哥有一场大型的古典学会议,今天,我在写该会议的论文,周四我将到那里开会。我答应做场演讲,主题是关于19世纪"工薪阶级对古典学的了解情况"。长期以来,我听了太多这样的话,说古典学一直是门纯粹的精英学科,唯一的目的在于支持一些不可靠的观念,如英国的帝国主义以及英国精英阶层不容置疑的优越性。

计划写这篇论文是希望能深入探讨这些质疑的声音。不过我只用讲20分钟,时间短到根本挤不进一个观点。但即便如此,不到最后一分钟我还是不会把论点全部亮出。所以,今天我真是全力以赴了。

别管论文的论点了,实际上我发现一些很棒的人物。我特别喜欢艾尔弗雷德·威廉斯(Alfred Williams),他生于1877年,是《铁路工厂生活》(*Life in a Railway Factory*)一书的作者。他自学了希腊语和拉丁语,通过用粉笔将不规则动词记在铁炉模具上来辅助学习。

不消说，这个小把戏（无论多么单纯）并没有打动工头。为了阻止威廉斯继续把他的铁炉边用作辅助记忆工具来学习困难的"——mi式不规则动词"（古典学者对此深表理解和同情），工头把表面涂上了油。但即使这样也没能阻止威廉斯。正如他的第一位传记作者解释的那样，"艾尔弗雷德坚持不懈，他敢于彻底清除抹上的油迹并重新写上希腊语——当然是用他的个人时间，因为他总是小心翼翼，避免让施暴者有柄可抓"。

这一切都有着某种名人色彩。1910年，英国《每日镜报》（Daily Mirror）上，登有一张小艾在午休时间对着一群观众创作十四行诗的照片，观众中显然有"斯温伯恩先生"（Swinburne）（不可能是诗人斯温伯恩，这位诗人于1909年去世了。但这仍然让我好奇，教育机构的发展取代了多少这类自学者）。

对我来说，位列其后的是一位女诗人，我早该了解她的——因为她是我们所有女古典学者的楷模。她是安·伊斯利（Ann Yearsley），18世纪末挤奶女工。她写了一篇精彩的讽刺文，题为《致无知：由一位绅士的想法引发，他认为笔者永远不会了解古典文化》。在文中，伟大的古代英雄们，变成了动物或英国普通劳工〔"大埃阿斯（Stout Ajax）就是现在屠夫的样子……"〕。"去你的"，我认为，这便是该文欲图传递之意。

评论

我有一位叔公可能与艾尔弗雷德·威廉斯差不多同时代，他一边自学拉丁语和希腊语，一边在博德利图书馆的幕后来回搬运书籍，供有学问的人阅读。但是我只知道这个，还是从我母亲那里获悉的，可惜母亲已经作古，无法再向她继续求证，所以我叔公不太适合写进你的论文中。

——大卫·柯万

博德利图书馆工作人员的讣告记录，直到最近都会时不时记录馆长（通常是位显赫杰出的人物）起初也是位"博德利男孩"——一位小男孩（或女孩），14岁左右便离开学校来到图书馆，工作几年后，在图书馆的帮助下，获得了牛津大学学位。剑桥有这样的情况吗？

——奥利弗·尼科尔森

亵渎不列颠尼亚女神

2008年1月30日

如果真如首相计划的那样，英国硬币上将不再出现不列颠尼亚女神，我会非常沮丧。毕竟，现代钱币的设计要点，就包括在其中加入一些年代久远的符号，这些符号既要容易辨识又不能完全为人所理解（或者说，不做点研究就无法理解）。

希腊发行的欧元中，有一款上面有"欧罗巴的梦魇"：一头性欲强的公牛要与——更糟糕——一位年轻单纯的女孩私奔。（想象一下，新工党的道德警察会对此做些什么。）此外，那只出现在英国旧法新（farthing）上的小鸟究竟是什么？它是鹪鹩还是知更鸟？又是为什么？

不列颠尼亚女神出现在货币上更合适。这位古典女神散发

的时代感恰到好处，她由罗马人创造出来，作为罗马新省的象征。自17世纪起，她被使用于英国硬币中。如果她从钱币上消失，那么从长远来看，我对英镑硬币上的维吉尔词句（"decus et tutamen"，意即"光辉与护佑"——来自《埃涅阿斯纪》第五卷）的存留便也不抱太大希望。我暗自怀疑布朗先生不太喜欢拉丁文。

　　传统主义者尽管会为不列颠尼亚女神的消失而哀叹，但是他们或许乐意回忆女神第一次出现在罗马艺术品上的样子。那时她还是老皇帝克劳狄乌斯的性侵对象。

　　在2世纪哈德良皇帝统治时期，不列颠尼亚女神第一次出现在硬币上，硬币上的她通常坐在岩石宝座上。但据我们现在所知，她的首秀是在阿芙罗迪西亚斯城（现今土耳其境内，离以弗所不远）的一座宏伟建筑中：该建筑就是著名的"塞巴斯特恩"（Sebasteion），一座由庙宇和柱廊组成的建筑群。建筑可能在尼禄皇帝统治时期竣工，旨在献给阿芙洛狄忒和罗马皇帝 / 罗马诸神（即希腊语的"sabastoi"）。

该建筑中遍地雕塑（事实上，阿芙罗迪西亚斯城的考古工作还在继续，该城某些上乘雕塑仅在过去几十年才为人所知）。既有象征着罗马帝国各部落和民族人格的雕塑，还原那些来自神话中的场景［从《丽达与天鹅》（Leda and the Swan）到《位于德尔斐的俄瑞斯忒斯》（Orestes at Delphi）］。还有些雕塑则更具体地展现了罗马人的形象。有一尊雕塑展示了赤身裸体、英雄色彩十足的克劳狄乌斯皇帝与妻子小阿格里皮娜握手的场景（如果你相信传说，那么她就是谋杀夫君之人）。另一尊则是小阿格里皮娜给登上帝位的儿子尼禄戴上桂冠的画面。

还有不列颠尼亚女神的塑像。克劳狄乌斯除了带着武器，又一次赤身裸体。他想玷污躺着的不列颠尼亚女神，正抓着女神散乱的头发将之拽回。女神脚上穿的是蛮族小靴，而身上的长袍已经滑到胸前。我们之所以知道那是克劳狄乌斯和不列颠尼亚，是因为上面有个铭文刻着两位的名字。

为了纪念克劳狄乌斯征服不列颠，雕塑以色情场景来象征军事胜利，正如你所想见，这是一种经典的刻画手法。而古迹中的另一雕塑也正与此相得益彰：尼禄亵渎亚美尼亚，一幅更干柴烈火的画面。

对于自信、骁勇的不列颠尼亚女神而言，引领英国硬币之风是剂解药。她现在虽然获胜了，过去却饱受伤害。帝国兴衰更替，权力来去无常。

当然，正是这些矛盾和复杂的信息，让这历史悠久的古典象征适合铸于钱币。可惜我们不但不庆祝，反而想将之逐出钱币。

评论

我之前有时在思考，是谁提出在一英镑硬币上刻"decus et tutamen"这句话的。是否是英国央行英格兰银行某位熟悉《埃涅阿斯纪》的智者？因为这句话指的是一个沉甸甸的胸甲，两个侍卫很难将之举上肩头并拿开。是因为想到这种新英镑硬币会让你口袋沉甸甸的，又或者让你的钱包重到不便于携带吗？

——迈克尔·布利

英镑硬币上"decus et tutamen"的问题更引人思考：这里讨论的胸甲是授予侍卫的二等奖。评论说，特洛伊侍卫要两人才能勉强扛起它。然而，当胸甲归属希腊的德莫利欧（Demoleos）后，他在特洛伊战场上却可身轻如燕。（《埃涅阿斯纪》第五卷，约第258页。）

那么这是否传达了这样的信息：历史对英国来说是太为沉重的负担，而我们将永远无法追溯过去的英勇，负担不起我们所传承的东方与地中海文明之重？

——理查德

毫无疑问，撒切尔时期的"decus et tutamen"（黄铜色，被视为君权）这句格言，曾经用在查理二世复辟时期的硬币上（查理二世也曾让不列颠尼亚女神的遭遇，重现在其某位女性朋友身上）。天知道布莱尔在搞什么（边缘镀金，中间是卑金属）。

——奥利弗·尼科尔森

布狄卡、戈黛娃（Godiva）、玛蒂尔达（Matilda）、卡斯尔梅恩（Castlemaine）、艾米莉·勃朗特（Emily Brontë）、爱琳娜·马克思（Eleanor Marx）、克莉丝汀·基勒（Christine Keeler），让她们上未来的钱币，拜托！

——XJY

看起来好像如果英国愿意，就能够保留"decus et tutamen"似的，要知道英国已经开始尝试使用欧元了。我刚刚把零钱摊在面前，注意到了这点：法国2欧元边缘上没有文字而荷兰的有。我还注意到，在这30多枚硬币中，每个面额至少有两个国家作为代表。因此，欧元的另一个好处是：它将国际主义付诸实践。我明天出去，可以混合使用6个国家的硬币在城里买东西。罗马治世都不如现在！

——迈克尔·布利

是什么让罗马人发笑？

2008年2月11日

这是我的新项目，我很快就会全身心投入，快速开展这项工作。但是，因为我周六晚上要给一群"终身学习者"上课（他们周末到剑桥的马丁利礼堂继续教育学院学习拉丁语），所以我决定让他们先来欣赏一二。

因此，我们讲了一个小时的罗马笑话。这一主题远比你所想的丰富，但是令人遗憾的是，一些经典笑话已经遗失。一位与奥古斯都（Augustus）同时代的，也叫麦里梭（Melissus）的人，编纂了150卷笑话选集。想想看，你怎么研究这些笑话。

尽管如此我还是尝试讲了一些现存的罗马式笑话，很好奇它们会在课堂上引发什么效果。

在我看来，最棒的一则并不完全属于笑话，它有点像罗马帝国的情景喜剧。故事主角是疯狂的皇帝埃拉伽巴路斯（Elagabalus），在《罗马君王传》这本内容不可靠的罗马晚期帝王传记中，有着大量关于他的记载。不过周六这则笑话还是逗乐了学生：

> 埃拉伽巴路斯皇帝的宴会通常会有这样的人参加：8个秃头或8个独眼，又或8个痛风病患，再来就是8个失聪者，或8个黑人，8个高个，8个胖子。在最后一种情况下，当这8个胖子由于太胖无法坐在同一张长椅上，由此引发了哄堂大笑，皇帝的目的就达到了。

埃拉伽巴路斯对恶作剧有特殊偏好，罗马式放屁坐垫的发明便可验证这一点。但这样也有危险的一面。埃拉伽巴路斯皇帝（再次根据《罗马君王传》）往客人身上淋了无数的玫瑰花瓣，多到令客人窒息而死。

就笑话本身而言，获胜的是一则古典版本的"肥佬教授"（希腊语中scholastikos）式笑话。

该笑话出自一本希腊语汇编的怪异笑话集，书中共有约250则笑话，大概是在5—6世纪汇编而成，其中囊括了大量——即使对那时而言——已然说烂的段子。该笑话集在希腊语中被称为"Philogelos"，也就是"爱笑人"〔20世纪80年代，巴里·鲍德温（Barry Baldwin）翻译了此集，译文至今流传］。

前一百则左右都是"肥佬教授"式笑话。周六那天，最受欢迎的是这则：

"你卖给我的奴隶死了。"一个男的向肥佬教授抱怨。

"好吧，我向众神起誓，在属于我的时候，他从来没有做过这样的事情。"

还有一则同样引人捧腹的"愚笨者"笑话（恐怕，这个是古典版本的爱尔兰人或比利时人笑话）：

看到阉人和女性聊天，一个愚笨的人问，这是不是他的妻子。

阉人回答说，像他这样的人没有妻子。

"啊，那么，她一定是你的女儿。"

最后，位列第三的，是在我们自己的笑话集中不太常见的一类——关于口臭家伙的笑话：

一位口臭的人去看医生，说："看，医生，我的悬雍垂比正常情况低得多（编者按：古人正常的焦虑）。"

"呵！"那人张开嘴给医生看，医生喘着气说道，"不是你的悬雍垂下移了，而是你的屁股上移了。"

别，如果你不懂，别让我解释。

评论

　　人们因何发笑，这因文化而异，而且无疑也会伴随时间变化。但它肯定不只是因为发现了什么趣事。在中非，人们用笑表示或者来掩盖尴尬。例如，在交通事故中，肇事人很可能会大笑，而外国受害者则会把这误认为是麻木不仁，甚至还会认为对方仍在挑衅……

　　我曾经在莱索托（Lesotho）看过《罗密欧与朱丽叶》演出。当罗密欧自杀时，年轻的巴索托（Basotho）观众哄然大笑，这显然使英国表演者沮丧困惑。

——保罗·波茨

　　一张沙发上坐着8个胖子：有谁能挤进去坐一块儿？
　　我认为莱索托人并不是唯一一个以笑掩饰自己尴尬的人。

——安东尼·阿尔科克

圣瓦伦丁确有其人？

2008年2月13日

　　对于中年人来说，圣瓦伦丁节（即情人节）是有着一丝解脱意味的。至少你不会对邮件中可能出现或不会出现的内容焦虑不安。说实话，除了收到丈夫的情人节礼物外，我想我从未收到过什么圣瓦伦丁节礼物——传统的、惊喜的抑或"猜猜我是谁"式礼物。

　　在我的印象里，我也从未送过他人代表爱情的礼物。不过几年前，我抱着开玩笑的目的送了礼物给一位年长的同事，我同事立马认为礼物是别人送的。关于此事还是少说为妙。

但是这些都不能阻止我对这段罗马历史产生好奇。事实上，对于所有希望圣瓦伦丁（Saint Valentinus）真实存在的人而言，有个好消息，那就是圣瓦伦丁不止1位而是3位。

坏消息是，我们对他／他们的真实事迹几乎一无所知。在详尽可信的文字记载中，真实的瓦伦丁恐怕跟神话中那令人生疑的形象完全不同。

以下是"史实"。

符合我们要求的可能有3位瓦伦丁（不包括其他几十位同名的圣徒——瓦伦丁是罗马帝国的大众名）：

流浪的北非人

（意大利）特尔尼主教

罗马牧师

目前看来维基百科还是可靠的，上面的解释也确实比大多数解释好很多，但还是不可尽信。

其实流浪的北非人一说，一旦深入研究便可以发现不怎么行得通。而后两位瓦伦丁应该都是在2月14日殉道的，但是不一定在同一年，此外，这两位瓦伦丁还可能是同一人（假设瓦伦丁确有其人的话）。

关于两人（一人？）的殉道，没有任何现代记载。但是有一个6—7世纪的版本，分别介绍了两人的故事。据说罗马的瓦伦丁是在克劳狄乌斯皇帝统治下殉道——克劳狄二世克劳狄乌斯·哥德克斯（Claudius Gothicus，268—270年在位）。但问题是，克劳狄乌斯·哥德克斯本身宽容基督教，并且几乎不在罗马，也就无法迫害基督徒了。另一位瓦伦丁，即来自特尔尼的那位，可能于3世纪70年代殉道（没有确切日期），他的故事传说与他的罗马同名者并无不同——这也更令人怀疑两位瓦伦丁是否为同一人。后两位的事迹中，均没有迹象表明瓦伦丁是情人的守护神。

在瓦伦丁的研究中，那最严谨的当代学者认为［杰克·B.奥鲁奇（Jack B. Oruch）在1981年写了篇相关的文章，十分闻名，发表在《Speculum》期刊上］，情人守护神这一内涵是乔叟发明的——乔叟寻找一位情人守护神来纪念春天伊始。（在全球变暖开始前，是二月揭开春天的序幕？14世纪时，日期与四季已然脱节，由此看来，答案还是可信的。）

但是还有一个巧妙的说法，它吸引着我——尽管几乎可以肯定，这完全错误。18世纪有位机灵的学者提出一个问题，罗马异教徒在2月14日做些什么。答：在罗马，他们会欢庆奇怪的牧神节（在该节日中，赤身裸体的年轻男子绕城奔跑，用皮鞭击打所有幸运挡道的女性）。有件事我们知道：5世纪末，教宗哲拉修（Gelasius）很是愤怒，他发现自己的教民还在庆祝这个异教徒节日，而这些教民本应成为虔诚的基督徒。那他之后做出什么对策？他为不受控制的教徒发明了圣瓦伦丁节，一个有趣并且属于基督教徒的节日，以此取代牧神节。

不错的想法，但是缺乏证据。

评论

  我不知道这么多瓦伦丁中究竟哪位是真,但是有人说,圣瓦伦丁的圣髑目前在都柏林白衣修士街加尔默罗会教堂。一位爱尔兰加尔默罗会布道者,在 1836 年于罗马布道时,感动了教宗格列高利十六世(Pope Greory XVI),于是,这位布道者离开罗马返回爱尔兰时,被赠了了一只装有圣人遗骸的骨灰盒。和骨灰一起的还有一张纸质身份证明。然而,如今的罗马日历中,2 月 14 日则是纪念圣西里尔(Cyril)和圣美多德(Methodius)的节日,他们是斯拉夫人的传道士,是所谓的西里尔字母发明者。也许这在无形中已经否认了圣瓦伦丁。

——大卫·柯万

  我倾向于相信瓦伦丁是 2 世纪诺斯替教派思想家,他与索菲亚传说有关,"拿戈玛第经集"(*Nag Hammadi Library*)中有几篇文章对索菲亚进行了介绍。索菲亚是外化移涌(译者注:移涌,"Aeon",指从古至今存在的力量,最高之神的流溢之物,永恒的本质),"堕落"后创造了物质世界,但最终由于其阴阳基质基督而恢复,基督给予整个物质世界机会通过奋斗生存。本质上看,这就是男女孩邂逅的故事。

——安东尼·阿尔科克

  大卫·柯万的帖子说罗马历法仍旧在纪念圣西里尔,这让我感到非常震惊。他不是残忍地杀害了希帕提娅(Hypatia)的亚历山大城主教吗?

——阿瑞丹姆·班迪奥帕迪亚

西里尔貌似是一个相当肆无忌惮的基督教政客,他很可能与地方长官俄瑞斯忒斯深陷权力斗争。希帕提娅与俄瑞斯忒斯关系可能较好,妨碍了西里尔的权力之争。或许金斯利的解释与事实相距不远,当然,前提是此事确有发生。苏格拉底在他的《教会史》(*Church History*)中,指责西里尔掠夺诺洼天派(Novatian),将犹太人驱逐出亚历山大城。西里尔显然有高招,知道如何控制住埃及沙漠各角落的长毛阿飞。

——安东尼·阿尔科克

在关塔那摩的一天

2008年2月21日

好吧,并不是真的在关塔那摩。但我一整天都穿着橙色的关塔那摩式连体制服,来响应我们学生大赦组织"橙色星期三"的活动项目。这是一个令人兴奋的街头剧,不会造成危害,旨在提醒人们注意全世界不公平的非法拘留。几百人参加了这次行动,大部分是学生,也有一些教职工,我们在日常工作生活中穿着关塔那摩被关押者的制服。

我是自愿穿这件艳服的,一方面是因为我支持这一行动。不过另一方面也因为大多数学生似乎对监控、公民自由、人权等问题漠不关心。因此,和那些关注这些问题的人团结起来就显得非常重要。

话虽如此,但恐怕我之前参与政治活动的有些诀窍已经失效。第一个问题是:我能穿得上那件该死的衣服吗?(不消说,对于真正关押在关塔那摩湾拘押中心的可怜人来说,他们那瘦削的身体穿上这件衣服根本不成问题。)尽管我订了一件特大号囚服,但我仍然担忧能不能穿得上,尤其是当时有消息说这种衣服只有一种尺寸。

好消息是衣服尺寸合适。坏消息是,一旦穿上,就几乎脱不下来。去洗手间需要5分钟的扯拽扭拉,才能让肩膀露出来,然后再慢慢地把整件衣服脱下。

显而易见,当天不喝咖啡似乎是个解决之道。但更糟糕的是,即使我穿着鲜艳的橙色囚服,大摇大摆地在学院图书馆里来回走动,似乎也没能把关塔那摩信息传递出去。

也许古典学者真的是群心不在焉、脱离实际的生物,虽然我总是坚称不是。又或者,正如我一位同事建议的那样,我随身携带的手提包有点影响整体效果。不过,我得到的反应一般是——如果这算是他们给出的反应——"天哪,你今天穿得好鲜艳!""哇,颜色不错!"等。

有个人开着玩笑问我,是不是刚被排水科公司(Drainco)雇用。(他们公司员工的穿着样式看上去确实差不多,但我觉得我其实更像易捷航空的工程师。)另一位,至少抓住了要点,问我穿成这样是否为了庆祝菲德尔·卡斯特罗(Fidel Castro)的离任。

我相当羡慕同我一起示威的另一位古典学者,他一直在上课,所以至少能够向他的听众解释,为什么穿得如此鲜艳(以及他没有兼职下水道管工)。

要是在20世纪70年代进行类似的活动会有这么艰难吗?我的印象中70年代不会如此。但也许那时也是这样。

评论

　　我一直惊讶政治活跃分子的无知。事实上，在美国，橙色的连衣裤是所有囚犯的制服。普通罪犯经常穿着它们出现在法庭上，尤其是在电视上。此外，他们在被带到法庭的路上也会戴着手铐，但是到了就会摘下。同样，在我童年读的漫画中（你们《泰晤士报文学增刊》上的漫画风格，让我现在也想夸赞"形象新颖"），犯人也总是被画成穿着黑白条纹的囚服。当然还有铁球和铁链。关塔那摩是个糟糕的地方，我们很希望看到它关闭，但这些囚犯之所以被逮捕不是没有原因的，他们的行迹做法让有理性的人都会怀疑他们是坏人。

——瓦维戴维

哈里王子：罗马人的解决之道

2008 年 3 月 3 日

　　哈里王子在阿富汗待了几个月，他带着笔记本电脑，在那里驾驶一辆"斯巴达人"装甲人员运输车。对此，我不是太认可。好吧，因为我没有去过前线，所以由我来讥讽此事有些站着说话不腰疼，但是你们知道我想表达什么。如果他冒着危险执行的是某项人道主义任务，而不是去推进英国在阿富汗所做的种种军事蠢事，那岂不是更令人尊敬？

　　同样令人无法忍受的还有这位年轻人接受采访时所说的话，包括他那句令我印象深刻的评论，说自己有多么不喜欢英国。对此，我有两点看法。第一，喜欢英国是哈里的职责。我们其余的英国人，可以自由地去喜欢或不喜欢这个国家。但是，作为王位的第三顺位继承人，他没有这种奢侈的权利（尽管他有许多其他特权）。所以他最好还是习惯这个国家。

第二，如果这是因为狗仔队在骚扰他，那么他或许应该减少在布吉夜店（Boujis）的深夜娱乐生活，如此狗仔自会无从下手。

进一步思考会发现这位年轻王子的军事前线之旅可以从罗马视角分析。事实上，罗马皇帝知道将作为继承人的儿子送往战场可能会带来的后果。

奥古斯都皇帝的运气尤为不佳。他的两位外孙（同时也是选定的继承人），均被送往前线，从此一去未回。年轻的卢基乌斯（Lucius）征战西班牙，在回来的路上死于马赛。此事发生在2年。而4年，他的哥哥盖乌斯（Gaius）在战场受伤，死于东方。

至少我们的哈里平安归来。

提比略的厄运则恰恰相反。他把养子日耳曼尼库斯（Germanicus）送到日耳曼前线。迷人的王子没能擒住该地区的恐怖分子头目阿米尼乌斯（Arminius）——此人像本·拉登一样，藏匿于某个洞穴。但日耳曼尼库斯确实取得了一些轰动罗马的胜利，这让他嫉妒心重的父亲不能心安。

为了应对这种局面，17年，提比略便宣布战争彻底结束（尽管并非真的结束），让养子回到罗马举行凯旋式。对提比略皇帝而言，要在仪式上摆出一副感激之情，一定让他浑身不适。不过这至少阻止了日耳曼尼库斯取得更多胜利。

这只是个暂时的对策。日耳曼尼库斯在18年前往东部前线。第二年，他死于安条克，死因可疑。叙利亚的罗马总督因他被人谋杀而受审。街上有流言蜚语，说是提比略命人毒害了他。

不管哈里目前的地位多么尴尬，这个故事还是提醒我们，他的长辈肯定欣慰他没有取得什么重大的英雄事迹。想象一下，假如他只有电脑和"斯巴达人"，单枪匹马在塔利班的炮火下，徒手救出了20名伤员。这样的消息肯定深受小报欢迎。但从政治的角度来说，下一步如何处置他就变成了一个棘手的问题了。

还有，谁会扮演提比略呢？

评论

这篇博客虽然有许多评论的观点都一致（"比尔德很讨厌……请感谢哈里为国服役！""回去看你那布满灰尘的罗马历史书籍吧！""为什么你不让自己变得有用些，去织织毛衣呢？""不许侮辱哈里！！！""玛丽，你只配做果酱。""这个叫比尔德的女人在唠叨什么？"），但是还是有几条不一样或者说更深思熟虑。

玛丽，说句公道话。众所周知，哈里王子是位不错的年轻军官，形象完美。我想，如果被给予某些事情去做的话，他也能够胜任——闲暇时还能在公共场合放松自己。依我看，这是个典型的例子，证明如今歇斯底里、明星效应型的媒体正在火力全开。

你可能和我有同样的想法，认为第四次（英国）阿富汗战争不仅完全没必要，而且会造成巨大的灾难，毫无意义，与官方编造的借口完全相反。但是这并不改变一个事实：我们的军队被派去阿富汗打仗，战场上多次凭借战术取胜。虽然从战略上来看，战争的作用甚微，但这并不是军队的责任，这是我们糟糕的政客所为。

——理查德·H

所以,根据比尔德教授之词:
1. 哈里不应该为国而战。
2. 哈里应该更爱国。
3. 哈里不应在国内享乐。

我还记得自己在剑桥大学学习的时光。这让我仿佛回到了过去。

——汤姆

玛丽,不错。这篇博客引起的恶言数量与那篇帕特农神庙不相上下。

——安东尼·阿尔科克

"织毛衣"……"做果酱"……

这些人认为比尔德纯属胡说八道,但我不觉得他们这样回应足够审慎。[曾有男性对希拉里·克林顿(Hillary Clinton)阵营挥舞着"给我熨烫衬衫"的横幅,我记得有传言说这是克林顿阵营自己安排的。因为这个男性的行为事实上让希拉里看起来更具吸引力。这基于以下原因:当你的对手明摆着是个智障时,你就会显得更具有吸引力。]

比尔德教授:我觉得你长时间都不会在公众评论中消失。但是,如果将来某天你变成了(注意,这是"遥远未来的一种可能")一位无人谈论的过气学者,我建议你也别做果酱或是编织（除非你真的想这样做）。那时，你应该去吃传统的、性别中立的食物，看这样的小说，也要稍微饮酒。

所以，下次有人想让比尔德教授闭嘴时，我可以建议你们喊无性别主义的"比尔德，去喝一杯"吗？

——理查德

谁说编织和古典学互不相容。我经常在部门会议中织毛衣，现在两位同事也加入了我的行列——往上添针法有助于在他人发表观点时插话。

恐怕我不明白哈里王子的勇敢如何能与日耳曼尼库斯的事业相提并论。但我知道，他的所作所为需要超乎想象的勇气。在哈里回国时，他和父亲都明确表示（媒体肯定轻描淡写了），如果他是位英雄，那么在阿富汗为女王和国家服役的另外8000位平民也是英雄。这是令人称赞的。

——奥利弗·尼科尔森

逝者之书

2008年3月12日

我母亲临终时非常明确地表示，死后不想让任何人穿她的衣服。当时我还不太明白。毕竟，如果她的内脏器官仍然有用，她会选择欣然捐赠。在她的有生之年，她乐意分发自己的旧衣服。可为什么死后不愿如此呢？

我猜想这大致与死亡有关，人们来来往往，或挑选或丢弃你的衣服，这似乎会将你最后的痕迹湮灭。不过我并没有深入去想。

但是上周，我却直观地体验到了这种湮灭的感觉。那时我那年事已高的导师刚刚过世，秃鹫们（包括我自己）就降落到他的书籍上，挑选着。对许多学者来说，书和衣服同样重要。每天都要用到书籍，有自己最心仪的书籍，也有花费昂贵价格买来却发现不合适的书籍。更别提那些或精心修补，或粗心撕破，或随性注释的书籍了。

问题在于当你去往那天堂之上的图书馆时，你身后的书籍会怎样。

在剑桥大学，书籍处理之事往往落在逝者所在的学院头上——学院通常会挑选一部分收进学院图书馆，之后让当地二手书商挑选以赚取可观的利润。

约翰·克鲁克（John Crook）所在的学院做出一个不同的决定。他们宣布，在一个下午，学院、教师、学生、职工可以进入他的房间用1英镑购买任何书籍，也欢迎大家捐赠更多。所有收益都会捐给大学教职员工基金。这是一个很好的主意——我想，如此便能确保老人的书籍留给那些愿意使用和珍惜它们的人。

但实际上，这却变成了一件特别可怕的事情。

当我走进学院时就感觉情况不对，我的一位研究生告诉我他刚买到了我的博士论文影印本。现在这是论文最好的去处，我也真的很高兴学生得到了它。但我仍然觉得不管怎么说，这是我和克鲁克之间的私事，而不是什么凭借1英镑便可出售的东西。

当我走进他的房间，整个情况就更糟了。这些房间比他走时看起来空落多了,但他的帽子还放在原地,书桌在同一个地方,所有书也还在书架上——或者说其中一些书还在。因为秃鹫已经工作过了,一部分一部分地扫荡他的房间,挑出一些,恣意丢弃一些。有几个人拿走了几摞书,看上去有几百卷。

他们会把书放在桌上?或者别的什么地方?这看起来像小偷的行径,把书从它们待了50年的架子上拿走了。

最糟糕的是,我听到一位爱好收藏图书的学生大声喊道:"这是赠阅本吗?"我本来应该揍这个男孩一顿。我想说,"那本书是一位朋友送给他的,他朋友在书中为他写了些内容……克鲁克之后便使用了。这不是那种有作者签名因而能用来提升你收藏档次的商品"。但是就算我告诉他又有什么意思?毕竟我们都在那里寻找便宜货,有点像售卖首日的样子。

我想,母亲对她衣服的看法是对的。

物理学家需要法语吗?

2008年3月17日

如果有所学术水平顶尖的大学,那么可想而知——这种做法确实合理——人们会争论学生进入该大学应该具备怎样的素质。

一百年前,新闻头条都是关于古希腊语是否应该成为进入剑桥大学的必备条件。确切地说,该素质并不是让你录取的首要条件。但是,如果你想取得荣誉学士学位,你必须在入学后不久,完成希腊语入学考试——在实践中几乎也是如此。

双方观点也可想而知。主张废除希腊语考试的人称,希腊语阻碍了高智商男孩（原话便是如此）进入剑桥，除非他们属于社会精英学校的精英群体（入学争论）。他们还认为，完全可以让孩子们学习一门现代语言，如法语或德语，要求他们学习一门死语言相当落后（实用角度）。

另一方面，主张保留希腊语的人士认为，希腊语是博雅教育的重要组成部分。如果剑桥不继续要求学习希腊语，希腊语将从中学消失。对此，主张废除者反驳，安排中学课程的工作，不是剑桥的职责。

该辩论自 1870 年持续到 1919 年，在战后新世界里，人们勇敢地废除了希腊语这项录取要求（而且，证实了主张保留者的顾虑，希腊语从此在中学日渐衰落）。

一百年过去了，现在轮到 20 世纪早期激进的现代语选择——法语和德语——被推翻了。剑桥大学计划不再要求所有专业学生都掌握现代语言。

对此事的论辩与"希腊语问题"十分相似，双方的观点听起来都很合理。

一方面是入学争论。如果现在只有 17% 的公立学校要求 14 岁以上的学生学习一门外语，而你把该要求作为剑桥大学的入学条件，那么，事实上就排除了许多有资质的学生。（或者换句话说，你会发现很难实现政府设定的录取目标……）

该观点又佐以实用角度出发的论点。既然科学的通用语言是英语，我们为什么还要关心物理学家是否懂法语呢？

另一方的观点认为，精英大学不可能是一所单一语言大学，只有单语言便会影响剑桥大学的卓越之处，因此剑桥不能培养只懂母语的毕业生。（伦敦大学学院想引进剑桥现在计划废除的录取要求,这正是他们的理由之一。)再来就是这种可能发生的后果:剑桥大学在这方面的决定,将进一步削弱现代语言在中学中岌岌可危的地位。

在我看来,最安全的做法就是保持中立。但你可能已经猜到,在内心深处,我坚信推翻现代语言学习的建议纯属无稽之谈。像剑桥这样的大学,有责任坚持最高的学术标准(世界顶尖大学有责任这样做)。如果这样的大学认为,现代语言是优秀生的基本素质之一,那么它就应该尽一切努力,确保所有孩子都能接触到现代语言(真正意义上的接触)——而不是为了达到世俗的政府指定录取目标,诉诸权宜之计。

至于物理学家不需要法语的观点……也许科学的国际用语是英语,但我们是否真的认为,已充分培养了我们顶尖科学家的能力,让其能够在欧洲、中国、印度等国际社会工作?如果科学家甚至都不知道怎么把一门语言学到炉火纯青的程度,又如何实现这一目标?"互联互通"不是我们现在应该培养科学家从业的方向吗?我敢肯定,科学工作不全用英语进行。

也许在他们进入大学时,我们可以再来教他们一门外语。但对此我有股莫名的怀疑。

评论

Pour qu'elles comprennent mieux la culture contemporaine, il faudrait plutôt apprendre aux étudiantes de francais les éléments de la physique……(为了让他们更好地了解现代文化,法语专业的学生应该学点物理……)

——蒂姆·斯卢金

> Tim: Aux étudiantes seulement, ou aussi aux étudiants?（蒂姆：只针对女同学，还是说所有学生？）
>
> ——SW. 福斯卡

让我们废除法西斯奥运火炬

2008 年 3 月 26 日

我不太明白，为什么我们忘记了"奥运火炬"仪式是希特勒及其同党发明的。

如果说有什么"被发明的传统"值得废除，那便是奥运火炬，既荒谬烧钱，又带着法西斯色彩——在奥运会开始前的数月里，花费巨大成本，由穿着伪古希腊服装的男人（和女人）护送，绕着地球传递一个本生灯，这无疑非常愚蠢可笑。

我们目前得知，火炬很快就会来到伦敦进行一次小型旅行，坐着伦敦巴士、码头区轻便铁路，并且由（特别是）凯丽·霍尔姆斯女爵（Kelly Holmes）护送。

几乎没有任何评论员提到，这个愚蠢的火炬仪式与古希腊人其实毫无干系。仪式的发明，始于莱尼·里芬斯塔尔（Leni Riefenstahl）在电影《奥林匹亚》（*Olympia*）[由卡尔·迪姆（Carl Diem）编排]中拍下的宏伟镜头。这是希特勒流传最广的遗产。

他们也没有提到，古代奥运会远非甜蜜和平的港湾，而是充斥着形形色色的政治色彩。即使在鼎盛时期，古代奥运会也经常被政治这只粗暴的大手打断。

典型的例子是亚历山大大帝祖先、马其顿国王亚历山大一世参赛资格问题。公元前5世纪初，当他来到奥运会参赛时，希腊人说他是外国人因而无资格参赛。最终，虽然守门侍卫允许他参加比赛，并且他也获得了第一名（并列），但是他的名字却未能写进官方的获奖者名单。（因此，在现代人争执"马其顿人"是否为"希腊人"时，他对双方而言都是一个尴尬的异数。亚历山大一世是否证明了马其顿人的希腊特征，或是相反？）

除此之外，还有很多其他政治争议。最糟糕的情况发生在公元前364年，当奥运会举办时，奥林匹亚正被敌人占领着，或者更准确地说，位于战争的中间地带。事实上，阿卡迪亚人（伯罗奔尼撒半岛上，奥林匹亚人的邻居）在五项全能赛事期间入侵，一些士兵掠夺了神圣的宝藏。"神圣的休战"也戛然而止。

而那不过是冰山一角。公元前380年左右，雅典的演说家、民主英雄吕西亚斯（Lysias）慷慨陈词，敦促同胞们摧毁奥林匹克村。四个半世纪后，奥运会官员睁一只眼闭一只眼，任由尼禄皇帝赢得他想赢的任何比赛，而作为回报，尼禄慷慨投资了奥运会的举办场地。

我们可以不喜欢奥运会的政治色彩，但是我们也别假装这种政治色彩是现代文明独有的。

评论

我们不能完全抛弃现代奥林匹克，将其替换成尼米亚赛会吗？

——多萝西·金

女权主义：男孩应该弹竖琴吗？

2008 年 4 月 17 日

上周，英国 BBC 的主流新闻频道（还有《今日》栏目）均报道了某篇研究，该研究表明在乐器选择上存在性别偏差。90% 的年轻竖琴手（明显）为女性，近 80% 的年轻大提琴演奏者（明显）为男性——电吉他手甚至更多。确实，孩子们做出这些选择也受到朋友、老师、社会……多方面的影响。

这个星球上的部分地区正在溃烂，津巴布韦摇摇欲坠，肯尼亚危机四伏，伊拉克战争遇难人数太少，这些均颇具新闻价值……然而该报道却以性别歧视为噱头，将其包装得像另一种披露性报道（这种新闻在我小时候经常出现）：我们常常鼓励女孩成为护士，鼓励男孩成为医生。

我自然对这种现象感到难受，但是过了一小会，我在思考……我真的在乎大号手多是男性吗？

好吧，我看过电影《跳出我天地》（*Billy Elliot*），我知道如果一个男孩爱好芭蕾，便会被视为娘炮，这很糟糕。我也知道（更多是从个人经验）如果一个女孩想做些男孩的事情，这也会引来非议。

但对我而言这与原来的医生护士论辩没有太大关系。医生护士问题的关键在于，指定女孩当护士，收入更低，威望更低，一辈子都在倒便盆；指定男孩当医生，收入更高，威望更高，他们穿着白色外套 / 西服，昂首阔步，迎娶护士。这种性别选择最终会导致经济地位和社会地位的高低之分。

但乐器也是如此吗？与大号相比，学习竖琴是否拥有潜在优势，或者说学习竖琴是否更为不堪。如果没有区别，我们为何不让孩子被这性别定义，就单纯地为他们在学习乐器而欣慰不好吗？如果只有大号或芬达吉他才能让男孩对学习乐器产生兴趣，那么，就这样吧……如果女孩看到从前杰奎琳·杜·普蕾（Jacqueline du Pré）痴迷大提琴的（当然，现在看了令人惋惜的）照片，因而受到鼓舞继续弹奏大提琴，那么性别都是小问题。

我认为，如果该研究调查（不，我还没有读过原文）采取另一种《跳出我天地》式主题，放眼于阶层问题，或许会更有价值。现在有多少工薪阶层出身的孩子在学习乐器演奏？

这个问题不是更让人担心吗？

评论

从上层分类看，存在另一种一边倒的情况——管弦乐里比比皆是男性，任何管弦乐器均是如此。但我不认为这有多重要，只要每个人都有机会成为一名优秀的音乐家就行。

音乐中真正的性别问题在于指挥家……女性都去哪了？

——纽恩1

我是一位女性，也是一位音乐家——我演奏的乐器在大家眼中，依旧被视为"男性"乐器（贝斯）。我是一位专业的贝斯手，已经演奏了20年，虽然现在不是百分之百会碰到偏见，但是每周还是会撞见一次。这种偏见很讨厌，也让我心烦，不仅影响我的收入，而且会减少我的创作机会。有时，因为这种偏见，我考虑过放弃音乐,但我成长于女权主义的美好中,深受熏陶。作为一名女性,勇敢追求梦想,这既是我的责任也是我的权利。每次的第二天,我总是把自己从床上拖起来……面对音乐。再者,弹奏贝斯是我的工作。

　　我想对玛丽说:不要因为他人的偏见,就放弃自己对某种宠物或是喜好的选择。这些选择都很重要。当然,这与津巴布韦的饥饿人口、与刚果发生的大量平民强奸案和谋杀案均不能相提并论。但是请这样想,如果英国学校不重视性别歧视问题,便意味着我们不能向世界其他地区证明平等的美好。

——克利姆特

　　鲍德勒博士(Dr. Bowdler)走在我们所有人前面。

　　众所周知,奥赛罗(Othello)因苔丝狄蒙娜(Desdemona)可能对其不忠而感到非常气愤:

　　"她会在我的床上吹箫(strumpet)吗?"

　　鲍德勒博士保留了韵律,只把"箫"的首字母删掉,改成"笙"(trumpet),便使这一句台词适合家庭阅读。

——奥利弗·尼科尔森

　　就我个人而言,我宁愿听这种不太符合性别预设的演奏组合,在其中,男性或女性都使用他们真正擅长的乐器,只要演奏水平过得去就行。我不愿再看那些空洞的录像,在其中性感的人炫耀他们的肉体,这些人仅是依靠录音室成熟的电子技术才得以存活。

——斯蒂夫·金伯利

让"Lesbian"只表示莱斯沃斯人

2008年5月5日

希腊法庭遇到一个棘手的问题。莱斯沃斯岛的一些居民，最近决定诉诸法律，阻止"希腊男女同性恋协会"使用"Lesbian"一词（译者注：该词既表示"女同性恋"，又表示"莱斯沃斯人"）。

该岛的异性恋女性居民不喜欢在她们说自己是莱斯沃斯岛人时，所有人都误以为她们是同性恋。（我认为，如果此案件的控诉方是女性而不是代表姐妹权益的男性，这种说法可能会更具有力量……）但是，如果他们在该案件中胜诉，成功击败希腊同性恋组织，便可能会在世界范围内影响"Lesbian"一词的使用。

此问题缘起公元前6世纪的希腊女诗人萨福（Sappho）：她在莱斯沃斯岛出生长大。众所周知，她给女性友人写了一些激情满溢的诗歌，而这些诗歌在世界范围内又甚是闻名。这一成就在古典社会为她赢得了"第十个缪斯"的称号。几乎从那以后，莱斯沃斯便成为女同性恋的代名词（其实是从18世纪起该词的女同性恋之意才出现在英式英语中）。

欲把萨福、女同性恋、莱斯沃斯岛割离，这在我看来，就像试图把威廉·莎士比亚割离埃文河畔斯特拉特福一样疯狂。

事实上，3000年来，萨福是该岛最有性别色彩的人物。这些居民们究竟为什么要放弃发展这种商业的可能呢？

谁是最杰出的岛民这一竞争并不激烈。阿尔卡埃乌斯（Alcaeus）也是莱斯沃斯岛民，另一名早期诗人。他宣称要在战场上抛弃盾牌而走（逃跑？），这一事件传播甚广——从此形成了古典诗的反战传统。

你可能还会想到泰奥弗拉斯托斯（Theophrastus），他是公元前 4 到公元前 3 世纪的科学家，他写了一篇《人物志》（*The Characters*），对不同性格类型进行分析，十分精彩。

在现代社会中，你可能会选择诗人奥德修斯·埃里蒂斯（Odysseas Elytis），1979 年他荣获诺贝尔文学奖。但埃里蒂斯不是第十个缪斯，而且，虽然他的家人来自莱斯沃斯，他本人却生在克里特岛。

那么，为什么莱斯沃斯人不能颂扬萨福，尽所能复兴萨福的诗呢？萨福的 9 卷诗集中，只有少数诗歌流传至今。但是之后可能会发现更多。就在几年前，在埃及莎草纸上，便发现了一首萨福的诗。那首美妙的中年人抒情诗，抒发了膝盖不能再跳舞的感慨。

为什么岛民不关注这一点，反而抱怨所谓的"性侮辱"？

评论

为什么你的杰出莱斯沃斯人名单一跃而过（但是，对古典学者而言，倒也正常），就说完了差不多 2000 多年的后古典时代历史。为什么不提米蒂利尼的扎卡里亚斯（Zacharias of Mytilene），其饶有趣味的拜占庭记事在古叙利亚语版本中保存至今——他留存的作品肯定比萨福多。

我发现 1870 年以前，《牛津英语词典》中没有给出该词相关表达的（"女同性恋者""女同性恋关系"）例句。到 1898 年，威尔士登一户显赫的人家（大概是"罗马最抒情的诗人"卡图卢斯的崇拜者）仍给他们女儿取名为莱斯比亚（Lesbia）。

莱斯比亚长大后变成莱斯比亚·斯科特，查格福德教区牧师之妻，乃《我唱上帝圣徒之歌》这首万圣节圣歌的作者，这支歌在美国比在她的祖国更受欢迎。毫无疑问，阿尔玛-塔德玛（Alma-Tadema）应为此负责。

——奥利弗·尼科尔森

莱斯沃斯人还有乌佐酒，至少在一些人心中，乌佐酒比诗歌更可口。所以，也许他们喝得太多，这就解释了他们奇怪的做法。

——吉勒斯

我看不出有什么问题。有不是女同性恋的莱斯沃斯岛民，也有不是莱斯沃斯岛民的女同性恋者，还有既是女同性恋又是莱斯沃斯岛民的人。这不是很简单吗？

——迈克尔·布利

尼科尔森在翻阅《牛津英语词典》方面很厉害，但是如果他点击维基百科词条"Lesbian"中注释3的链接，就会发现一场有趣的讨论，其中提到一本书《*Emma Donoghue, Passions Between Women: British Lesbian Culture 1668-1801*》（艾玛·多诺霍，《百合之恋：1668—1801年的英国女同性恋文化》，伦敦，1993），书中"明确"表示，在整个17世纪和18世纪，"Lesbian"一词的使用与今天意思完全相同。

但是，该词与其地理指代含义的关系值得深思。"Lesbian"与"Sodomite"（译者注：该词既表示"索多玛人"，又表示"鸡奸者"）可以粗略归为一类，表示某人做了特定地区人被认为会做的事情。但很少有人会说所有莱斯沃斯岛民都是女同性恋者（首先，有些莱斯沃斯岛民是男性）。毫无疑问，"Lesbian"一词之所以会流行，是因为作为"萨福主义者"的释义或委婉语，后者起初在英语中使用得更广泛。（很像用"斯塔吉拉古城"指代"亚里士多德"。）

尽管如此，福斯卡还是很同情莱斯沃斯岛民的做法，因为该词的性内涵，来源于一种强势文化带来的外生内涵。而该内涵之所以能流传，不仅是通过将单个成员的做法放大到整体，更是在日常生活中将极端案例放大到所有东方民族。（一个类似的词是"bugger"，即"同性恋"，最初用来形容"保加利亚人"——中世纪法国南部清洁派在族群意义上的起源。但是，后一个解释现在仅仅停留在语义学方面，因此，使用这个词不会冒犯到该民族。）

——SW. 福斯卡

我不敢苟同。"英国人"也不是不可能成为"性虐恋国家恐怖分子"的同义词，假使这样，那么作为一个英国人，我很可能不希望自己被这样称呼。

——保罗·波茨

我同情的是科斯岛民。他们经常被指责为生菜。我不想任何人叫我姐姐生菜。

"那首美妙的中年人抒情诗，抒发了膝盖不能再跳舞的感慨。"我不认为这句对萨福新诗的描述特别吸引人：相信我，伙计们，"关节炎颂"比这种描述听起来更令人激动……

  古代有个关于萨福的故事（古人讲了很多关于萨福的轶事，有些令人生疑或是根本就无中生有），说她嫁给了一位来自安德罗斯岛名叫克基拉斯的男人。克基拉斯的谐音有阴茎之意，而安德罗斯岛之名听起来则和"男性"的属格相同。一位学者建议译成"男人岛的迪克·阿科克（Dick Allcock）"（译者注："dick"和"cock"均有阴茎之意）。所以，貌似该故事想传递此意："我们都知道这些女同性恋真正想要什么……"

——理查德

  19世纪，所有同性恋行为（尤其男同）不是被称为"希腊式爱情"吗？

  大概是语言发展过程中的某个偶然事件，让"Lesbian"的说法广为人知，而"Greek"（"希腊"）一词的男同意涵却逐渐淡去，否则情况很可能大为不同。假如这样，我们今天便可谈论"Greek 权利""Greek 骄傲"或"Greek 和 Lesbian 电影节"。如此一来，"希腊人"大致就知道"莱斯沃斯人"的感受了……

——异教首领

恺撒的脸？得了吧！

2008年5月14日

  如果你是一名考古学家，当你在河底发现了一尊漂亮的罗马人塑像时，你会怎么做？

答案很简单。你会去翻阅每一本关于罗马肖像和罗马硬币的书,直到你找到罗马历史上的某位名人,他看上去大致和你塑像的样子差不多。这是一项费时费力的工作。但原则很简单——就像捉对扑克游戏。

为什么要大费周章?因为几乎每家西方报纸都会对你的发现饶有兴趣,只要你自信地说,这是克丽奥佩特拉七世(Cleopatra)、尼禄、尤利乌斯·恺撒(假如你说这是该名人最早的塑像,或是唯一一尊真正与其长相相似的塑像,那么媒体会更感兴趣。此外,这也是一个实用的掩饰,倘若你的塑像看起来实在不太像其他所有被认为是该名人的塑像)。

无论你发现的东西多么精美或是重要,只要你找到的是马库斯·科尔内留·无名小卒,就没有一家报纸会来采访你。

这个游戏有着悠久的传统。海因里希·施里曼(Heinrich Schliemann)试图说服世界,他凝视过阿伽门农的脸庞。几乎每个英国当地的考古协会都确信,他们挖掘的那处迷你罗马别墅实际上就是总督的住所。他们还相应地给这些分布图贴上了"总督妻子的卧室"等标签。

现在不就有人宣称这个在阿尔勒河中捞出来的塑像,是唯一一尊现存的、依照恺撒生前长相制成的塑像,不是吗?

我应该说这尊塑像是件非常好的作品——以在罗纳河底部待了数千年来看,此雕塑确实保存良好。我想,塑像代表恺撒也不是毫无可能,但是没有什么明确的理由让人相信塑像身份属实,更不消说让人相信此物创作于恺撒生前了。

艺术和历史的捉对游戏很危险。老实说,你可以找到数以百计符合要求的罗马人,只要眼神充满信念,他们看起来就会很像这尊塑像。此外,尽管你被告知根据雕塑风格,可以将其制成年份缩短到数年间,但其实这种人物塑像风格在罗马持续了几个世纪。没有任何证据表明它来自公元前49—前46年。

当然,这位绝望的考古学家找到了一个很好的理由,解释恺撒本人这尊塑像为何会出现在罗纳河底部。塑像是在恺撒遇刺后,民众对其失去兴趣扔进河里的。

他忘了那正是恺撒被封为神的时刻吗?

好吧,他可能会反驳,说法国南部市民不相信这种虚假的恭维。那么,他们为什么把海神尼普顿的塑像也扔进河里,此物显然与该雕塑在同一批被打捞上来?

恐怕对该雕塑的解释又要"从头开始"了。

评论

针对如何辨别神秘人身份,评论中给出了多条建议。有人投给:梅尔·吉布森(Mel Gibson)、奥古斯都、马克·安东尼(Mark Antony)、席德·詹姆斯(Sid James)、提比略·克劳狄乌斯·尼禄（Tiberius Claudius Nero）、乔治·布什、克劳狄……还有一些长篇论述。

我们怎么知道它是不是"昨天"被扔进河里？鼻唇皱襞的处理在我看来不太像罗马人的特征。

——艾琳

就像你说的，这种现象已经不是第一次出现了，我不禁想，"我凝视过阿伽门农的脸庞"。这句话就相当典型。早在18世纪，亚历山大·蒲柏（Alexander Pope）就在他的《与阿布斯诺博士书》（*Epistle to Dr. Arbuthnot*）中，讽刺了以布福为代表的富有收藏家，布福的图书馆里"竖立着一个没有头的品达（Pindar）塑像，而该塑像确实是品达本人"。

——卡

他神情亲切，目光炯亮，酷似乔治·布什，这也是布什和与蒂沃利将军共有的特征。我不认同半身像要插入塑像身体的观点。有太多可以插入的肩膀和胸膛。但可插入身体的头部却只有一个脖颈。

鼻唇线的处理究竟有什么问题？在我看来，他们与共和时期的其他雕塑没多大不同。也许这里既有鼻线又有唇线确实不寻常，但我们都理解，一处异于寻常的风格特征不足以判定某物为赝品。

——利兹·马洛

我认为，这些"大名鼎鼎的专家"可能会存在以下情况：X教授有个理论，或许能验证半身像的人物身份，他兴奋地冲到Y教授面前，把该理论告诉Y教授，渴望得到Y的赞同。如果Y教授认为这完全是胡说八道，他会说："嗯，当然，你可能是对的，但我不太相信，你考虑过a、b、c因素吗？"还有一种情况是，如果Y教授认为该理论存有疑点但不完全是胡说八道，他可能会说："想法很棒！很可能你是正确的，不过我想质疑者或许希望a点更具有说服力等。"

为什么？嗯，X教授因为有所发现而满心欢喜，Y教授不想让X教授扫兴。Y教授知道自己没有像X教授那样，花费大量时间思考此事。因此他很有可能不愿意对那些忍受枯燥、默默钻研的人提出异议。

我想同样的事情也会发生在莎草纸上。A教授认为他能读出一些东西，并向B教授征求意见。B教授扫了一眼说："我想你很可能是对的。"A教授在酒吧里向其他人宣传他的发现时，他会说B教授赞同他的观点，但B教授并不真的认同，他只是向A表示鼓励而已……

如果你是一位杰出的专家，而你的名字并没有被人点到，那么你的名誉就不会存在风险，而且你很可能会特别礼貌，愿意鼓励他人。关键在于别人是否同意你在文章末尾打上他们的名字。

——理查德

理查德对教授心理的平和解释，使我想起我一位朋友对达勒姆座堂詹金斯（Jenkins）主教那段臭名昭著（常被误传）言论的看法：耶稣复活"不过是玩了一场骨头变戏法"。詹金斯主教以前是教授。对此，我的朋友说："问题在于主教把采访的媒体记者当做需要激励鼓舞的大学生了。"

——奥利弗·尼科尔森

读完这篇文章，我撕开了今天刚刚出版的法国《世界报》（*Le Monde*）塑料包装纸。小标题说："'C'est le seul buste connu de César réalisé de son vivant' annonce Luc Long."（吕克·朗：这是已知的唯一一尊恺撒生前雕像。）我很担心朗先生，如果有人在聚会时问他以何业谋生，他只能说："我是文化部下属水下与海底研究部门的遗产主管。"

——迈克尔·布利

最近我收到了老朋友赫尔克里·波洛（Hercule Poirot）的来信，鉴于该信对此事的意义，我认为应该公开。

亲爱的朋友，关于这一发现，我读了大量评论，我很惊讶竟然了无一人——了无一人——包括那位尊敬的女教授，找出在我看来一眼便可捕捉的明显事实。

女士们先生们，我请你们仔细看一眼这个半身塑像，然后问自己一个简单的问题。

如果我的脸长成这样，我想让它永远存刻于石头之上吗？我的妻子、同事、朋友，会在每次吃晚饭经过时，恭敬地看着它，然后压低声音说，"你丈夫、参议员等，是个多么伟大、高尚、英俊、敏感的人"？

朋友们，答案必定是否定的啊！

除非——除非——我的朋友们，刻画的人物本身非常非常重要，那么这些人才会答应——其实他们也是被迫答应的——为了历史，他们的长相需要真实记录，永远留存，像奥利弗·克伦威尔（Oliver Cromwell）所指出的那样，疣、鼻唇等任何方面全部不用掩饰……

因此，这只能是非常非常伟大之人的半身像。我相信我在法国各个考古学部门的朋友，用计算机进行面部和颅骨等测量后，肯定会证实这尊确实是恺撒的半身塑像。

有些人抗议说，没有士兵会跟随一个长成这样的男人，但是先生们，鼻唇纹壑之深确实表明一个人的耐力和无情，而这正符合我们熟知的恺撒形象。

最后，我想建议评论者，或许应该减少整夜的狂言妄语，多用用脑子。

——你的朋友赫尔克里·波洛，真理之王

考试公平吗？

2008 年 5 月 22 日

现在是学术休假期间，当我飞往芝加哥大学讲课的同时，我们的学生正在为了打磨自己的语言技能，而将巴拉克·奥巴马（Barack Obama）和米兰·昆德拉（Milan Kundera）的材料译成拉丁语与希腊语。我没有骗你们。我们那个时代则是翻译麦考莱（Macaulay）或者，运气好些的话就是丘吉尔（他的更容易）。但是我想，拉丁语的作用，只是让奥巴马听起来更像麦考莱。

在这里度过夏季学期，脑海中总会有个挥之不去的疑问，我们让学生考试的目的究竟在哪儿。在考试业已与准确性客观性绑定的而今，再没什么比学校的考试事宜更让人觉得糟糕的了。考试导致的双重束缚显而易见。考察的孩子越多，需要的考官就越多。在不发达的过去，只有少数几个孩子会考高级水平课程考试，于是我们有睿智且经验丰富的考官来批改学生答卷，批改他们对格莱斯顿（Gladstone）与迪斯雷利（Disraeli）优点对比的看法——我们信任批改结果。

考生越多，就越难找到足够的考官（酬劳甚微），考官整体的经验和资历就越浅（我指的是整体上），于是，我们就更需要密切注意他们是否达到要求。一个完全保险的解决办法是出选择题。那样即便电脑也能准确批改。但如果不是选择题，那么每个问题就必须要有一套可接受的答案，交到每个考官手里。这样你甚至可以找实习老师来批改试卷，而他们要做的仅是把考生的答案与标准答案对比匹配。

唯一的问题在于，这样做会压制想象力、独立思考、新奇创新，压制任何敢于写出不属于标准答案的可怜孩子。"不是标准答案"等于"没分"。在不发达的过去，我们依靠智慧、富有经验的考官，区分古怪愚蠢的学生与创新聪明的学生。这是项无法保证精准度的工作，有时考官会出错或者不那么睿智富有经验，但是我们信任他们。

我们还没有找出，如何不用机械的办法进行大规模考试，而机械的办法最终就等同于降低标准。

相比之下，剑桥学生是幸运的。

我们都承认，考试并不能测试所有能力，而且我怀疑，考试成功需要某种男权因素（无论男女）。因此，我们越来越多地使用"其他评估方法"：学术论文或是别的什么论文。但是考试确实测试了一些我们看重的能力。仅就我个人而言，我并不是批判获取知识、高效记忆、调动所学、回答问题和论辩得当的能力。而且我们的考试在测试这些方面并不差——尽可能如你所愿的公平。

每张试卷都是匿名打分。在过去，不管如何"匿名"，都常常会认出自己所教学生的笔迹。但现在，你很可能从未见过学生的字迹，所以这个问题已经消失了。

每张试卷也都有两位考官打分——首先独立打分，然后协商打分。我记得，自己还是个学生时，曾经非常担心两位考官在想法上有分歧。新潮的 X 教授会打低分而哲学教授 Y 则会打高分？但根据我的经验，无论 X 教授还是 Y 教授都不会根据答案的意识形态色彩来打分，他们需要的是答案在对应的逻辑下足够好。

考官出现分歧，往往不是因为一名考官以不同方式"阅读"或"理解"了学生的答案。有时候，老实说，和另一位考官商讨时，你会发现你刚刚错误地理解了学生的观点。或者另一位考官认为他或她没有根据地给了孩子高分。如果两位考官意见仍然有分歧，试卷完全可以交由外部审查员批改。是的，这是一个费时的过程。

好吧，我可以看到考官之间彼此意见趋同，这或许恰好反映出保守的学术机构对什么是"好答案"有着沉默的、轻率的共谋。但老实说，我真的不太认同这种看法。

如果有学生在读这篇文章的话,我想对你说:别担心可能出现差错这个未知事件了——分数丢失最多的,还是因为没答出问题。

评论

别让我想起要回答出问题!我记得很清楚我几年前做的作业。导师评语的开头是"如果把考题换成'罗马人为何结婚?',那么这确实是一篇很出色的论文。"

——杰姬

按照高级水平课程考试的打分机制来阅卷,是我一生中最糟糕的经历:如果你的答案不在参考答案中,你就没分。但是我们也被告知,可以接受某些"错误"的答案,因为推荐的课本中存在错误。

——扶手椅首席教授

杰姬——罗马人为何结婚?

——理查德

理查德——你希望我从哪方面开始介绍呢?这是几年前的事情了,我找不到作业(我想作业应该在阁楼里),但是我大致记得,转移财产是主要原因,还有为了孩子的合法身份。政治联姻也占了很大比例。此外,奥古斯都不是还颁布了法律,要求人们必须结婚,以便增加人口、肃正风气?或者,他至少对按此行事的人提供了鼓励。当然,最不可能考虑进去的就是女性的选择，虽然生（我猜）3个孩子会给予母亲一定程度的自由，这在当时可能很诱人！

——杰姬

考试很棒。大多数的书面考试我都答得很好。我女儿继承了这种天赋，但同时也从妈妈那里遗传了与老师争吵、欺负老师、让老师屈服的杀手本能。由于一门学科的掌握与否和考试几乎没有任何关系，而良好的短期记忆以及一点灵感就能让你收获高分，因此我认为考试有利于培养游戏节目制作人和主持人。

——XJY

考试还教会我们一节有价值的课，可以将之运用于生活：专注力和回答讨厌问题的能力。

——邻居史蒂夫

艾米·怀恩豪斯试题

2008年5月28日

上周我提到，剑桥大学古典学专业的学生，将米兰·昆德拉和巴拉克·奥巴马的语言文字译成拉丁语和希腊语，以此来提升他们的语言技能。

剑桥大学英语考试的批判性问题并没有激发大家多大兴趣——让学生对比沃尔特·雷利（Walter Ralegh）和艾米·怀恩

豪斯（Amy Winehouse）。鲍勃·迪伦（Bob Dylan）和比莉·荷莉戴（Billie Holiday）也出现在该问题中，但是没人对他们的出现有任何不满。这也许得益于著名的克里斯托弗·瑞克斯（Christopher Ricks）发起的"迪伦是自莎士比亚以来最伟大的诗人"这一运动，它已经让迪伦有权出现在考试中。

但是这两种情况可以归属于同一类现象。而且，对不住了，《每日邮报》，这根本与你所说的考试标准降低毫无关系。

如果你在剑桥执教，面对一群非常聪明的学生，你想让他们做的就是学会联系、学会思考——老生常谈来了，朋友们——"跳出箱子式思维"。这有时意味着鼓励他们通过阅读塔西佗、莎士比亚等人的作品学习批判的方法，并以此来思考此时此地发生的相似却意想不到的现象。

15年前，我上过一节非常成功的课。授课对象是剑桥大学古典学与历史学专业大三的学生，课程为"罗马皇帝：形象的建构与解构"。那时，查尔斯与戴安娜正在经历持久的离异纠纷，"鱿鱼门"和"卡米拉门"事件录音带引发了全世界关注。还有印象吗？

当时学生阅读关于此事的小报、磁带文本以及层出不穷的各种传记。在三年的课程中，至少有一次考试出现了对卡米拉门部分磁带进行评论分析的问题［所有磁带都被非常仔细地贴上标签，"威尔士亲王殿下与安德鲁·帕克·鲍尔斯（Andrew Parker-Bowles）夫人所谓的对话摘录"］。

《每日邮报》无人对此发表异议（我想，或者说也没人注意到）。但是历史学系一些相对古板的老师持有些许怀疑，是否应该让自己那聪明优秀的学生，阅读安德鲁·莫顿（Andrew

Morton）写的戴安娜传记，更不消说在试卷上放出一段窃听来的电话交谈内容了。我不得不说，古板的古典学者思想更为开放。

但结果却是爆炸性的……而且很有启发性。

思考古代和现代君王的八卦时，需要进行各种各样的权衡取舍。我们会问，为什么大家普遍对君主和王室的饮食（或忌口）如此感兴趣？这在哪方面属于跨文化……哪方面属于某种狭隘的西方传统？深入挖掘，能否发现我们的关注点与古典世界存有哪种联系？

另外，君主的话语有多大意义，我们怎么评价他们的话？如果我们窃听国王／皇帝的言论，我们是否期望他说话听起来与我们相似，又或相异。王室发言的传统是什么？（传闻）"查尔斯"用的"污蔑"几乎紧靠"月经棉"一词（我猜想，他是历史上，全世界唯一一个这样做的男人），从中我们可以得出什么关于独裁者言论的线索？塔西佗为何会决定编造皇帝的言辞？

而且，更重要的是，我们能否解释王室家庭内部关系进展如何以及为何如此重要。

这不是降低考试标准。那些只是揭秘查尔斯和戴安娜私事的人不会得到高分。这门课程旨在培养建立古代与现代的联系。你私下需要了解塔西佗和苏埃托尼乌斯，需要知道《罗马君王传》——然后询问，这些与温莎家族的事件主角之间是否存在任何有用的联系。答案也有可能就是"无联系"。

至于那个英语专业的荣誉学位考试问题。该题对我来说或许也很难回答。

《牛津英语词典》把"抒情诗"定义为"使用里拉琴或与里拉琴有关；能够用里拉琴弹奏，内容可以唱出"。字典还引用了罗斯金（Ruskin）的格言，"抒情诗是诗人对自己感情的表达"。请参照"抒情诗"的不同意思，对比单独一页的（a）诗［沃尔特·雷利爵士（Sir Walter Ralegh）的一首抒情诗，写于1592年］与（b）~（d）中的一到两句歌词。

"b~d"是怀恩豪斯［《爱是一场会输的博弈》（Love is a Losing Game）］、比莉·荷莉戴［《浓情爱意》（Fine and Mellow）］、鲍勃·迪伦［《西班牙皮靴》（Boots of Spanish Leather）］的歌词。

如果有人认为该问题有失水准，那他们肯定是理解有误。在答案中宣泄对艾米·怀恩豪斯及其问题的不满，这样做是没有分数的。此题关于"抒情诗"，关于罗斯金、雷利……关于你选择的任意一位现代名人。这种问题是水平不高的学生避之不及的。

如果有人认为怀恩豪斯女士是最声名狼藉的人，他们真该仔细看看沃尔特爵士的生活。

评论

我知道他们有什么共同之处：沃尔特·雷利没有为任何人放弃过他的可卡因，艾米·怀恩豪斯也没有为任何人放弃过她的伪装。

——迈克尔·布利

这则消息对牛津大学不错。

——乔治

考试考的不是你所"学"的内容，而是你备考期间的学习情况。学生是否熟悉这些文章并不重要——事实上，有些人以前读过这些文章（出于某种奇怪的侥幸），但他们可能会比第一次阅读该文章的人表现得差。反之亦然。而且无论如何，这真的不是什么奇怪的批判性思维问题。

——纽恩1号

某人可能是一个"瘾君子艺术家"，并不代表他没有什么值得说的。

——史蒂夫·金伯利

用波森（Porson）描述罗伯特·骚塞（Robert Southey）的话说："我们会读怀恩豪斯——在荷马和维吉尔遭到遗忘时。"

——肖克罗斯

（在一次考试中）我需要将一篇文章翻译成拉丁文，文章有句话"他的话语僵化、笨拙和棱角分明"[《蒙森谈马克·安东尼》（Mommsen on Mark Antony），德语译入英语的版本]。

可恶。

——理查德

出卷人引用此人的案例，实际上只是急切地想表达大众化和亲民，减少人们对牛津剑桥精英主义的印象。

通过无数次提到古典时期丑陋的一面，你本人在这方面也做出了较大努力。你留给人的印象是半喝醉、一根接一根抽着烟的老女人形象，是个好色之徒，你更适合在伦敦城索霍区开一家五十年代的酒吧而不是优雅地待在高桌。当然，我们都知道，写博客能舒缓无穷尽的研究生活，释放研究的学术压力，可我也注意到，你小心避免任何真正引人反胃之事。

——真理之王

写给理查德："他的话语僵化、笨拙和棱角分明。"也许这句的拉丁语是"sermo autem horridus et rudis et impexus"。虽然"Impexus"（直译为"未梳理过"）可能不太体现"棱角分明"，但塔西佗确实在演讲中这么说，我猜想是因为没有梳过的头发可能会从各个角度凸显出来。

——迈克尔·布利

遗迹为何令人失望？

2008年6月5日

我的下一个工作任务在巴黎——参加关于遗迹的会议。

一如既往，去年在我同意在会议上发表论文时，我心里想着6月初在巴黎待上两天似乎很是惬意。而现在对我来说，周四早上6点30分的欧洲之星景色诱不诱人则又是另一回事了。

我应邀不仅仅是因为春天的巴黎，更是因为有段时间以来，就如何看待遗迹，我都在考量一种可以说是离经叛道（学术上的离经叛道）的观点。

也就是说，我想深入挖掘，为什么大多数遗迹都——我们还是直接一些——令人失望。

当然，我不是指所有遗迹。庞贝、帕特农神庙、罗马竞技场，我认为没人会觉得它们令人失望或是乏善可陈［不过，根据彼得·格林（Peter Green）之言，威廉·戈尔丁（William Golding）确实登上雅典卫城喃喃低语，"又是血腥的帕特农神庙"。他背靠着纪念柱笔直坐着，凝视埃莱夫西纳水泥厂］。我指的是，某个三流的英国修道院中，爬满了常春藤的腐蚀墙体，或者，欣荣的克里特村外，散落着的据说是米诺斯村落遗址的零星石块。

对于世界上大多数人来说，对遗迹失望并没有什么奇怪之处，但对考古学家和文化理论家来说，遗迹引人入胜，着实有趣（当我以这样的身份出现时，也会这样认为）。考古学家会花上几个小时讨论两块石头摆放位置的微小意义。文化理论家还会絮叨地将遗迹视为一种象征，象征着过去，象征着人类成就的脆弱，象征着对死亡的沉痛思考，等等。

学者几乎听不进去世界上大多数人对遗迹没什么兴趣这个

说法。事实上，在他们看来，不懂欣赏遗迹或"碎片"是缺乏理解力的粗野标志。举个例子，比如本杰明·海登（Benjamin Haydon）无意中听到一位普通人在新展出的埃尔金石雕前说："这些塑像多么破碎啊，不是吗？"本杰明以及此后的大多数评论家（包括我在内）都会将这句话视为此人的无知。

事实上，说塑像非常破碎（也令很多初次到访的游客扫兴）这一点没错，而且想要修复它们也是一项巨大的工程。

对此，即使是精英旅行家也可能会感同身受（尽管我们倾向于留住他们对遗迹的热情）。一位朋友告诉我19世纪旅行家威廉·福赛斯（William Forsyth）写过一篇文章，文中福赛斯抱怨，在蒂沃利的哈德良别墅中想发掘任何东西都特别困难："别墅起初建得分散、不对称、互不沟通，而现在更是只剩断壁残垣，受挖掘影响遭到严重破坏，对从未见过其原貌的人来说，想要复原原本就异常艰难。"他写了数段类似的抱怨。

我想要说的是，我们需要仔细思考反对这些断壁残垣之人的看法——并且不要批评他们对过去麻木或者无知，我们要以不同的方式来思考他们的看法。

东方文明的做法也许可以作为参考，它们没有给遗迹附加浪漫性的元素。日本就是一个典型的案例，日本的传统是每20年左右完全重建其"最古老"的庙宇（这意味着把历史看作是过程而非物质）。

中国也给人启发，尤其是最近关于是否应修复并重建圆明园的辩论［1860年，在埃尔金伯爵（Lord Elgin）的指挥下，英法两国残酷地摧毁了圆明园。这个埃尔金不是别人，正是"帕特农"的埃尔金伯爵之子］。在此事上，我们没听到说"废墟花园"有着风景层面上的价值（而且它确实是非常破旧的古迹）。但对中国人来说，如果圆明园遗址还有价值的话，那这便是将这座废墟看作"西方暴行的证据……犯罪现场"。

这不正是我们看待老考文垂座堂的观点吗？

评论

我不知道哪种情况更糟：是作为堕落的天主教徒三过教堂而不入，还是作为前考古专业学生躺在克里特岛的水池边不去参观遗址。

——杰

这没问题啊，难道这些遗址令人失望不正是它们成功的表现吗？如果它们满足了谁的预期，那才是场大灾难……

——SW. 福斯卡

你不能在天气好的时候到遗迹参观。实际上你想找寻的，是在当地环境和你个人视野的作用下，那空灵的感动。古迹不需要有太多人，但需要灰色的天空，需要雨或是雪点缀，需要处于特别忧伤内敛的心境下，如此你便能感受到古迹之美。

毕竟，除非你接受性生活，否则你无法真正享受性爱。同样，除非你在情感上完全可以接受断壁残垣，否则你无法欣赏遗迹之美。

——邻居史蒂夫

研究为何有趣?

2008 年 7 月 11 日

在剑桥大学图书馆,有一条通往未知之路的已知道路。这可追溯至图书馆 19 世纪的一项做法,把多达 10 本乃至 20 本小书和小册子装订在一起。所以当你借阅自己需要的书籍时,也会得到大量意想不到的内容。

很可能是某本意想不到的书籍吸引了你的注意。

至少这是那天我经历的事情。当时我正在找一本小书,大概于 1847 年出版,叫《罗马笑话史、搞怪史》(*The Comic History of Rome, and the Rumuns*)。秋天在加利福尼亚大学伯克利分校做关于笑的演讲时,我不仅想探究罗马人为什么会觉得一件事情好笑,更想研究我们为什么会嘲笑罗马人。所以该书显然是份参考文献。

但找到该书时,它与另外 9 本书订在一起,9 本中的另外两本也同样有趣。其中一本书我真该早点知道的。书名为《剑桥妙语》(*Facetiae Cantabrigienses*),是 19 世纪 20 年代一部剑桥笑话妙语集。尤其吸引我注意的,不是理查德·波森(Richard Porson)的轶事,而是一些滑稽的试卷,这些试卷显然是著名的《1066 那堆事》(*1066 and All That*)的灵感源泉("不要同时写在试卷的两边")。

试题是这样的:

"你有在哪看过希罗多德(Herodotus)说,埃及人和波斯人,哪个头脑最笨吗?"

"古代,牛津一定在某个地方出现过或者没在任何地方出现过。塔奎尼乌斯·布里斯库斯（Tarquinius Priscus）时代，牛津在哪里？"

"说出任何你想到的古人访问美国地区的例子……"

"从逻辑上说一只猫有多少条尾巴。"（该题还有一个标准答案。"猫有三条尾巴——没有猫有两条尾巴——每只猫比没有猫多一条尾巴——因此，每只猫都有三条尾巴。"）

好吧，不好笑，我也这样认为。但是很难想象19世纪早期的考生如何看待考试（无论是否为古典学考试）。上面这些内容正是了解他们"考试文化"的一条路径。

另一本是以兰开夏方言写成，讽刺参观万国工业博览会之行……*O Full True un Pertikler Okeawnt o wat me un maw mistris un yerd wi' gooin to th'Greyte Eggshibishun e' Lundun*。[①] 虽然带有讽刺意味，但这也是对维多利亚时代中期繁荣发展的另一种视角。

此事还有一个笑话。这两本罕见的书都可以在"谷歌图书"中找到。所以我原本可以在电脑屏幕上看到它们，不需要拿着铅笔（在珍稀书籍馆里不允许用钢笔），大费周章跑去大学图书馆。

但事实是，如果我没有借阅那本笑话历史，没有翻阅装订在一起的其余书籍，我就不会知道此书。这可能便是大学图书馆及其有趣的19世纪习惯永远优于"谷歌图书"的地方。

评论

在我开始考古生涯时，我写了一篇研究论文，开头是："意

[①]《关于我和丈夫去伦敦万国博览会上所见所闻的真实刻画》——编者注

外发现常常在研究中发挥作用。完全出于偶然而发现的某个证据,却能填补目前理解上的空白。"

或许这两句话我没写好,但我却因此被批评对待研究过程"不够严肃"。当我问有经验的同事他认为我所说的是真实还是完全胡说八道时,他说这很可能是真的,但这不是一份"严肃学术出版物"该有的表述。

——托马斯,伦敦

听过罗马人和理发师的笑话吗?

2008 年 8 月 10 日

我现在正全神贯注地准备伯克利的罗马笑话讲座。确切地说,星期天我到学校后,剩下的时间都待在图书馆里(感谢系里对我们每天 24 小时开放),度过了一个捧腹的下午,有罗马笑话相伴。

我已经给大家分享了一些精选的笑话例子。但如果仅仅是为了笑话的喜剧效果,另一则会更受欢迎,它摘自《爱笑人》(*Philogelos*):

一位男性去找理发师理发,理发师特别健谈。
"你想怎么做头发?"理发师问。
"安静地做。"那人回答。

不错吧?

优秀的旧式二等一
胜过高等教育成绩记录

2008年10月27日

大学考官是群非常尽职尽责的人,根据我的经验,即使考虑到人性固有的弱点,学位等级评分也是尽可能公平的(而且比计算机好得多)。尽管如此,我还是经常会想,如果没有一等、二等一成绩的固定等级划分线可能会更好。如同所有类似的线性分类,把与一等成绩擦肩而过的人和刚刚踩到二等一线的人胡乱归为一类,这样的做法让人并不满意。因此,我一直也很理解引入更细致的大学学位等级记录的想法。

直到我看到正在试行的"高等教育成绩记录"(简称为"记录"——当然),该记录在本周的几份报纸中被大肆宣扬。现在已经在几所英国大学内试行。

读关于这记录的文章,让我迅速回到19世纪传统的"登记"制度怀抱中,因为体系内部存在种种缺点。"记录"的发明者,是那些把"大学"称为"部门"的人(我猜,也就是"高等教育部门"了)。记录的评判等级方法精心策划,以市场为导向,给大学的学术价值和知识价值敲上了又一颗棺材钉。

他们为什么要进行变革?

照鲍勃·伯吉斯(Bob Burgess)的说法(以管理者的口吻说,这是"本人所在委员会"的工作),一个原因是雇主想要更多的信息,不仅仅是简单的学位等级(或者说预计的学位等级)。好吧,但这不正是写推荐信的目的所在吗?为学生写推荐信,推荐他们去自己心有所属的某个职位,我认为这是我的职责。确保他们未来老板（用伯吉斯的话来说是"利益相关方"）从我这里获取到的信息有价值，最好的办法其实很简单。首先要确保我写的推荐信是保密的，其次要确保雇主在初审候选人前看到推荐信。没有哪份成绩记录能比两封诚恳的推荐信有用。

另一个原因是最终的学位等级并不能反映出学生在整个课程中所表现的强项和弱项。我想，谢天谢地成绩并不能展示这些。我很荣幸能教一些英国最聪明的学生。我希望他们以各种方式挖掘自己的潜力。这样，无论在什么行业，他们都能成为令人惊叹的公民（陈词滥调，但确实如此）。这往往意味着要打破他们的先入之见，意味着看着他们在知识的世界里冒险、犯错，甚至在到达成功的彼岸前经历失败挫折。我最不愿意看到他们每门课程的分数都被列出来评判等级。这是美国式的办法，在那里如果你不给他们 A 的话，学生就会敲你的门，因为每一分都很重要。我在剑桥教的一些优秀生，她们在取得最佳成绩前，都拿过不太突出的成绩，她们在这个过程中学会了如何不做"顺从"的女性，学会适时迎接挑战以及如何迎接挑战。这难道不正是英国雇主需要的吗？

该记录最糟糕的一点是可能会涵盖课外活动这个噩梦。我们不希望看到所有学生只为能在成绩记录中添上一笔，便急着去成为某个社团的主席。首先，谁能评判他们是否是位好主席？我已经经历了足够多的英国高等教育招生委员会（UCAS）面试（是的，面试很有用），我对一位面试生说："哦，我看到你是你们学校某社团的主席，这项工作包括什么任务？"学生回答说："哦，我们社团成员还没真正碰过面。"更重要的一点是，学生学会成为好公民（换句话说，他们学会成长）的路径绝非单一。有些人选择卖命处理社团协会事宜，另一些人则选择躺在床上，花费数小时听鲍勃·迪伦的歌，边听边思考。相信我，没有人能预测哪种方式更好。但我知道那些为 21 世纪做出最大贡献的人当中，确有一些会躺在床上听鲍勃·迪伦的歌。

我们不需要高等教育成绩记录，不需要高等教育成绩部门，不需要伯吉斯的报告。我们需要给大学教师足够的空间去了解学生，为学生写诚恳适宜的推荐信，支持学生的选择，不要依据学生成绩进行评判。

评论

我希望，几个强势的校长会指出，就像进行社会工程不是大学的职责一样，大学也没有义务服务雇主。我们可以一起给几位政府部长发马修·阿诺德（Mattew Arnold）的《文化与无政府主义》（Culture and Anarchy）、若望·亨利·纽曼（John Henry Newman）的《大学的理念》（The Idea of a University）吗？

——理查德·巴伦

"但我知道那些为 21 世纪做出最大贡献的人当中，确有一些会躺在床上听鲍勃·迪伦的歌。"

听！听！我终于有位支持者了。

——约翰·T

我认为，剑桥应该关闭那些学生协会，他们总是把"让你的简历增色"这句话放在宣传材料上，以此来推广自己。

——斯蒂芬

禁止拉丁语甚是荒谬

2008 年 11 月 2 日

上周，《每日电讯报》（Telegraph）一名记者与我联系。他说，《每日电讯报》已得知，地方议会正在禁止所有官方文件使用拉丁语，也禁止议员在处理公务中使用拉丁语。该信息是报纸利用《信息自由法》（Freedom of Information Act）获取的。（等等……你们真的需要《信息自由法》来获悉此事吗，还是说在你们挖掘什么更大的阴谋时，这则可怕的真相就自己浮出水面了？）

我的反应？好吧，最初的想法五味杂陈。这看起来像是议会和政府惯常做出的又一桩伪民粹主义行为。他们让你填写一张 20 页长的表格来获得你本人应有的某个小恩惠……然后，他们庆贺自己让整个表格完全"无拉丁语"。虚伪。另一方面，有一些拉丁语短语我又不太喜欢。例如，"nil obstat"（无阻），我不会为该词的消失而难过。

但是在我发现禁止的词汇是什么后，我能得出的唯一结论就是整个计划简直荒谬透顶——无知可笑。

禁止的拉丁语单词表中不仅包括"ad hoc"（特设的）、"prima facie"（初次邂逅），还包括"e.g."（例如）、"vice versa"（反之亦然）、"i.e."（即）、"NB"（注意）。

我向电讯报记者生气地抱怨，这是语言方面的种族清洗。而且，这完全曲解了英语语言的本质，"英语"其实正得益于其对众多语言文化的融合，它既有"本土的"，也吸纳了"国外的"，实际上英语中更多的是外来语。"NB"曾经是拉丁语，现在也同样是英语。事实上，它在现代英语中的流通和使用，比古时在拉丁语中都要广泛。

我想知道，在他们将注意力转向其他"外国"词汇，禁止了"NO RSVP"（无须回复）、"bungalow"（小屋）、"rendezvous"（约会）、"karaoke"（卡拉OK）后，还有什么词能剩下。删减名单是可以无限拉长的。

与此同时，愚昧的伯恩茅斯议会官员工作量已经超负荷，他们忙着想出笨拙的英语词汇来代替这些讨厌的拉丁语。简洁的形容词"ad hoc"将改为"for this special purpose"（为此特殊目的）。这种浪费时间的工作，法夫［在那里"ex officio"（依据职权）也被禁止］和索尔兹伯里也有过。

好吧，我希望在他们替换"flagrante delicto"（当场抓获作案人员）时，能体会到一丝乐趣（希望他们能同时意识到，这种混合了外来语的英语，自有它的优点）。

评论

这对19世纪的英国文学而言，无异于末日。

但首先，也许，他们应该试着禁止借自法国和德国的舶来词，禁止人们使用这些表达："Honi soit qui mal y pense"（心怀邪念者蒙羞）和"Ich dien"（我服务）（译者注：前者是法语，后者是德语，两句均用于英国王室之物上）。

——XJY

做得不错，伯恩茅斯。

进步时不可待。

给予我们合适的英语，
对于那些我们憎恶的拉丁语。
你需要译者吗？
我了解拉丁语。
但是我不能一无所求。
作为回报我能获得什么价值相等之物？

——迈克尔·布利

难怪伯恩茅斯议会认为"vis-a-vis"（译者注：面对面）是表示"力量对抗"的拉丁语。

——杰·狄龙

牛津剑桥面试：真老师货真价实的建议

2008 年 12 月 8 日

本周牛津剑桥面试季开始了。我在美国看得津津有味，报纸在向焦急的申请者及其父母兜售建议，传授他们如何完美地度过这场磨难——尤其是关于如何回答我们这些老师热衷的设计出来为难可怜考生的所有古怪问题。

通常情况下，这些信息是由牛津剑桥申请顾问公司提供给媒体的，他们通过渲染牛津剑桥的神秘感来赚钱，然后声称能提供一条冲出申请丛林的途径。

请给予牛津和剑桥些许同情吧。虽然我们竭力揭开面试的神秘面纱，解释为什么面试有用（你能想出更好的方法来区分两个学生吗？他们的 GCSE 考试都取得 10 个 A*，高级水平课程考试可想而知也都有 4 个 A。），但是其他人却出于利益缘故，让面试看起来尽可能复杂。

有一家公司的周末面试培训服务要收费 950 欧元，而这还只是"顶级服务"的一小部分（顶级服务包括所有事情，从提供个人陈述建议，到 14 小时私人辅导帮助提高独立思维能力）。这些公司甚至都不在网上标出价格，而是要由你打电话询问。我没有打电话看看，也无法想象金额，在剑桥求学一年的学费仅仅 3000 欧元多些，而该服务的价格却显然不止这个数额。平心而论，如果你获得了这家公司的教育维持津贴，那你便可以申请他们的入学计划，获得简略版的培训服务——虽然不清楚有多少人能加入这个计划。或许，这取决于在付费报名者之后，还剩下多少个空余名额。

我会给学生什么建议呢？

好吧，我不能代表理工学科，但是对于人文学科来说——有三点需要注意。

第一，别担心古怪的问题。每年我们不是坐在那里，喝着波特酒，凭空编造出这些问题（波特酒——一件神秘之物，文中大多数情况下均是此意）。"我懂，汉弗莱，为什么我们不问他们，是否能够想象成为一颗草莓是什么感觉……呃，这样就能从山羊群里挑出绵羊了吧？"

如果这些问题听起来有点出乎意料，那便是提问的本意。在一定程度上，这是为了防止人们在培训学校或者在那些收费课程中苦练"正确答案"。所以当有人试图告诉你"他们"问"地理与《仲夏夜之梦》有何联系"（"展示你使用跨学科方法的好机会")真正考察的是什么时,不要被这些人误导。真实的目的不是这样的。更糟糕的是,不要试图提前猜测面试议程是什么。请投入到面试对话的过程中,相信提问的考官在努力找出你身上最闪光的地方。

第二,问问你自己:在这所大学该学科的申请者中,我希望看到申请者具有什么品质?申请过程并不复杂。如果有人问你,除高级水平课程考试大纲之外,阅读过什么相关科目的书籍时,你要是回答说"没有",这就不是一个良好的面试开端。牛津剑桥的人文课程,需要考生进行大量阅读,长期浸淫在文字的海洋中。你需要能谈论一些你独立阅读过的书籍,这些书要让你感兴趣,它们可以是你在学校图书馆别人丢弃的书籍堆里,找到的一本20世纪50年代的破旧教科书,也可以是你在W. H. 史密斯书店,买二赠一得来的。

第三,不要相信那些承诺帮助你"获得录取"的商业性质公司,不要相信他们口口声声说的,有来自录取决策者内部的神秘建议。(抱歉——如果你已经花了大笔钱,或许也不会对你多么不利,只是这笔钱可能会有更好的用途!)我认识的人中真正熟悉招生流程的,是不会把自己卖给一家私人公司的。

我看了其中一家机构的"咨询委员会"。他们的自我描述虽然严谨准确,但是仍然给人一种误导的感觉,即它与招生体系有着密切的关系。其中一名顾问被描述为"剑桥大学莫德林学院的前任教师研究员,精通招生事宜"。好吧,但是"教师研究员"是指来自另一所学校的老师,在学术假期内,到某学院任职一学期而已。他们可能对招生感兴趣,但他们根本不可能直接接触招生事宜。有一位是在牛津大学"永久私人学堂"(与学院不太一样）干过招生工作的人。还有一位是个有趣的文化理论家——他很可能曾参与过牛津大学某研究生院的招生工作，但我找不出确切的学院名称（谷歌没有相关数据）。

为什么不利用商业机构以外的现有资源呢？萨顿信托安排的课程便着眼于牛津剑桥等顶尖大学（牛津剑桥不是他们的全部目标）。那里友好的老师肯定会对你有所帮助，给你一次模拟面试机会（老实说，你不需要为此花费整个周末）。

其实剑桥的网站上也给大家提供了一个面试案例，展示面试的真实情况。该案例是由那些真正了解情况的人制作的。如果是我，我会从那里着手。

评论

这篇博客让我感觉好了很多，因为我是牛津剑桥大学申请者中少数没有参加这种周末面试培训的人——我们学校几乎每个人都为某种培训服务买了单！

谢谢你让我对自己的决定更有信心，我将把原本会用在培训上的时间拿来读书，把经费用在鞋子上……

谢谢你让我今天早上平静下来，因为我要去参加人生第一次剑桥面试了！

——阿农

参加这样的周末辅导活动，得到的也只是优秀私立学校所教授的内容而已。我的一位朋友念布莱顿公学，当时校长是塞尔登，朋友经历了7场模拟面试，一次比一次可怕。面试的老师他们并不认识。与从未进行过这些训练的人相比，他们有这样的锻炼机会真的很棒。

我们学校也有类似的帮助。但是我认识的一位女孩,她选择去斯坦纳创办的非学术型私立学校参加你提到的这一类课程,最终考入牛津大学(第二轮)。她觉得每一分钱都花得值。

另外,在我的面试经历中,我跪在门口,透过那橡木门听到了前一位面试者那煎熬的历程。他被问到了可怕的中东和平进程。

我进去后,这位著名的研究意大利政治的专家放了一张有点像爵士乐的唱片,让我坐下来,叫我吃葡萄,然后说:"你有问题要问我吗?"……有时,我认为他们在你到之前就已经做好决定了……

——埃玛·T

我在面试中表现得很好并得到了第二轮面试的机会,第二轮时我成功被录取了。尽管我穿着便宜的西装,一脸天真无知,而且来自米德尔斯堡的一所学校,这所学校从来没有学生被牛津剑桥录取过,而我甚至连我们拉丁语老师去过我申请的学院都不知道(对此,他非常生气)。我记不起任何奇怪的问题了。只记得提到某首法语诗,而我不知道"trite"是什么意思(经过一些细读/explication de texte)。

所以,不要担心。那次面试之后,竞争可能已经变得更加专业/灵活了,但大脑却没有。

——XJY

对于和您的面试,我已经记不起太多,只记得被问及古典世界的女性与世纪之交的女性。这个问题吓了我一跳,我在九年级时就放弃了历史……但您还是让我被录取了,对此我非常感激!

——鲁思·P

嗯,我毕业于牛津大学,现在在剑桥大学任教,我能担保玛丽的话一点没错。我在博士期间,做了很多考试辅导工作,来帮助家境富裕、自身懒惰的青年:几乎没有多大作用。聪明的仍然很聪明;愚笨的还是很愚笨,无法通过面试。

——马克·W

我觉得你说波特酒很神秘或许挺有道理。周日,我打电话给一位老朋友,他在国外任教多时,决定来牛津发展,他告诉我大学晚餐已经是过去式了。朋友说午餐是一次准商务会议,"人们在牧羊人的馅饼上交流论文",只有水可以喝。我猜很多年轻老师甚至不知道波特酒是什么。让我想起巴兹尔·福尔提(Basil Fawlty)抱怨一位社会地位低下的客人:"不知道克拉雷酒和波尔多酒的区别。"

——安东尼·阿尔科克

在我学院的高桌——我相信玛丽有时会在这里吃饭——波特酒当然不是传说!

——马克·W

好吧,马克……在剑桥的角落里偶尔会藏着一些波特酒。

——玛丽

不管波特酒是不是什么神话传说，我在牛津面试时，面试官给我提供了雪莉酒。注意，那是 30 多年前的事了。面试的完美体验带给我快乐，让我几乎为之倾倒——舒适的房间，一边小酌一边聊《失乐园》，垫子上甚至还有一只毛茸茸的猫。不过，我没被录取。

——鲁思

大学教授的邮箱里有什么？

2008 年 12 月 18 日

还记得过去用于求职面试的"收件箱"测试吗？面试者面对一堆工作首日邮箱里可能会收到的信件、便条、任务，对之进行重要性排序！这样做的目的是，看他们是否会把给老板妻子买周年纪念礼物，安排在与总经理会面之前。我从来不知道正确答案应该是什么……或者说不知道是否有一个正确答案。

我想你们可能好奇现实生活中的大学教授的收件箱究竟什么样：我指的是电子邮件。加利福尼亚州是一个处理自己电邮的好地方。早上起床时，欧洲来的大部分当天消息就已经在等着你了。

那么，昨天传来的一堆邮件是什么呢？事实上，邮件不多。临近圣诞节，学期快到尾声，学生们不会像平常那样道歉/找借口（"对不起——我的论文 5 点就会在您邮箱里了，苏茜 xxxxxx"），也没有工作周通常出现的行政事务。期中时的邮件量是现在的 3 倍。

邮箱中的第一封是个好消息……

1. 一位朋友的邮件，他刚被任命为罗马美国学院的主任。我想，这是对过去岁月的肯定。我记得多年前的那次我们都很兴奋，因为几个朋友在那里获得了奖学金。而现在他们都已经成了出色的主任了……

2. 我丈夫发来的家庭便条。大部分内容是说要给我年迈的老师寄去90岁大寿的生日贺卡。

3. 迪图公司。

4. 迪图公司——还有蔬菜订单回复。

5. 英国广播公司国际频道的采访信息，采访我对"谷歌地球·古罗马"的看法，并向我确认采访的时间和地点。

6. 奥多文学节发来的信息，希望我能给他们栏目发张照片，展示迷人的大学教授风采。

7. 我丈夫发给加拿大同事的邮件副本，我们俩春天都会去加拿大做几次讲座。

8. 编辑和博友发来的信息。我给他们发了一篇很长的评论稿件，但是我自己对评论稿不是很满意。他们也认为文字需要再加润色。（该死——你总是抱有一丝希望，希望别人会觉得它很精彩，即使你自己都不这么想。）这件事情的问题在于我太熟悉这个主题了，所以我过于挑剔了。又看了一遍，我决定从我放在结尾的轶事开始写起（不总是这样吗？）……这就是今天下午在机场的工作。

9. 博友附上的便条，回应我近来节食健康的减肥生活。实际上，重新写那篇评论稿件很可能会考验我的决心。

10. 来自德国博客读者的消息，读者很好奇，想询问拉丁爱情故事。我总是很高兴收到这类邮件——只要这些不是很容易在谷歌上搜索到答案的问题就行。所以我立即回复了邮件。

11. 朋友的邮件，关于最近的博客。他说："又惹麻烦了。"

12. 另一所英国大学的学生问我，我是否认同罗马的制度很大程度上得益于伊特鲁里亚人。这个问题我在曾经的文字中已经提过，所以我拒绝回复。

13. 确认加拿大行程安排。

14. 发给剑桥大学莱弗尔梅项目成员的信息副本，我是该项目的成员。他们要外出去大英博物馆，不太确定从剑桥开出的7：45次火车，能否让他们及时赶到博物馆。（学者……！）

15. 确认之前加拿大行程的确认信息。

16. 还是关于火车的事情。

17. 一封电子邮件，里面有个 PDF 文档链接，关于我 1 月份会议的阅读材料。

18. 我丈夫转发的信息——反常地抱怨他在皇家艺术研究院的拜占庭展。

19. 欧洲研究理事会的圣诞问候。

20. 还是关于火车的事情。

21. 《国家地理杂志》的信息。我给他们发了一篇博客，介绍 2008 年的重大发现。但他们不认为奥巴马是个发现，所以问我是否有别的建议？我迅速搜索了一下，发给他们关于帕拉蒂尼山上的奥古斯都住所的文章。

22. 剑桥大学职工管理人员的群发消息，告诉我们"800 年校庆"的徽章就在我们信箱中。我不懂徽章有什么用，难道是有人自作聪明，想出个集体行为，让所有剑桥教师都佩戴徽章来庆祝大学校庆。不太可能。

23. 朋友的留言，说我们不能如期见面了。

24. 旧金山广播电台的消息，他们想在剑桥安排一场关于庞贝的讨论会（是的，我知道很奇怪，因为我人在旧金山）。

25. 还是关于火车的事情。

26. 迪图公司。

27. 迪图公司。

28. 一篇 PDF 文档，是《历史论述》（*Historically Speaking*）期刊一篇庞贝文章的精美插图。

29. 来自爱尔兰学生的询问，他对在剑桥读古典学博士感兴趣。我直接回复了几个答案。

这时，我又给自己清理邮箱的巨大工程徒添了任务。因为第 30 号和 31 号邮件是 10 号和 12 号邮件的回复。

有人能告诉我所有这些凸显了现代电子生活的哪些方面呢？我很想知道。

疯狂的科研评估

2008 年 12 月 21 日

英国每一位大学老师和行政人员都知道，高等教育科研评估的结果已于上周四公布。自那以后，大家的反应相当令人不快，特别是在这个可怕的过程中获得较高评价的人。

这恐怕也包括我在内。从大多数评估结果来看，剑桥大学的整体排名"最高"（除非用一种不同的计算方法，那么伦敦政治经济学院便位居首位）。单就古典学排名而言，剑桥大学独占鳌头，以微弱优势"击败"牛津大学。是的，我承认，自从回来后，我和同事们，就都面带着自鸣得意的微笑。

但是且慢。我们都忘记这是一个多么可怕的过程了吗？而且，难道不该是表现出色的人出来承担责任，大声反对这项评估吗？至少，对于这些名列前茅的人来说，这不是吃不到葡萄说葡萄酸。

我在这里不是要冒犯那些努力的学者们（超过1000位），他们花费了数周时间来评估递交上来的材料（而且尽可能让评估过程公平）。我也不想对我剑桥的同事不敬，他们花费了数年，努力保证我们递交材料的质量足够高。事实上，我真的很感激他们。另外，我自己也列名本学院的科研评估委员会，我也花费了许多时间进行策划。

但是请记住，这项评比活动的真正意义在于，打着"客观公正"的幌子，来分配有限的科研资源。而这种活动究竟又能有多客观公正呢——评估主要就是把各学术机构递交的四种书面"成果"分别进行考核，这些学术机构均"幸运"地位列五个等级中的前四等：4*——创新、价值和风气方面，属于世界顶尖水平；3*——创新、价值、风气方面，属于世界优秀水平，但未达到世界顶尖水平；2*——创新、价值、风气方面，获得国际认可；1*——创新、价值、风气方面，获得国内认可；没有名次——低于国内认可标准，或者说，在某种程度上不满足评估标准。

好吧，有些案例肯定很容易区分等级，但肯定也有很多处于4*、3*或者2*之间的模糊地带。如果我们知道各项的打分标准，我就能肯定其中必有问题。

更不用提大学花费了大量时间和资源，竭尽全力想出如何才能最大限度地利用评估体系（如果最后递交的学者数量多一些，虽然平均"分数"会拉低，但获得的资金补助会不会反而多些？），要收集所有信息，撰写本部门陈述，跟踪所有送去科研评估考核总部的材料。

而这还没有提到由此产生的不良竞争文化，由于战略性任命已经做出——焦虑的院长便把压力施加到各系主任头上，后者又把压力施加到他们工作量已经超负荷的员工身上，让员工频频出新书……这些压力逼迫一些人离开岗位，也让另一些人变得很痛苦，这都不是什么秘密了。

更少提到的是这对学术文化造成的巨大改变。尤其是现在有很大的压力和诱惑，迫使我们发表文章——拥有个好的点子而不去发表似乎不再有什么意义。英国的学术生活中，存在太多发表事宜，真的不是一点点——而这都是拜科研评估所赐。

让此事更为糟糕的是，大多数新闻报道根本没抓住现行复杂评判体系的本来面目。在五项指标下，科研评估对每个部门（我的意思是，每个"评估单位"）也进行了考核，根据各院系递交材料，按照产出比，将其分成 5 个等级（也考虑进各种其他因素，相应做出某种调整，但这复杂到无法解释清楚）。我自己的学院得分是：4*：45%，3*：25%，2*：30%，1*：0%。

许多报纸认为该数据反映实情——45% 的剑桥古典专业学者属于世界顶尖级别（虽然这可能是对的！）——但是事实并非如此。该数据代表 45% 的个人材料（每位学者平均为 4%）被视为世界顶尖水平。我们许多人都递交了会给出不同评估级别的材料——"大部头书"可能会得到 4*，通俗一些的书籍可能会得到相对较"低"的分数，等等。

就我个人而言，我记得我递交了一本写罗马凯旋式的书籍，一本写帕特农神庙的书籍，一篇关于西塞罗信件的文章，一篇关于威廉·里奇韦（William Ridgway）的文章。如果罗马凯旋式那本书没有获得 4*，我会（现在我已经看到这些数据了）很吃惊，而帕特农神庙这本背后有大量研究支撑的书，却是以普通读者为目标群体的。这本书应该不会获得 4*(但是不管怎么说，我都认为这本书是我作为一个学者做出的重要贡献）。

好吧，这是最后一个科研评估。问题是，其替代者（差不多可以肯定后者会变得更机械）肯定会更不堪。

评论

玛丽，我也在超棒的院系工作。确实，该评估系统有不好的地方。但是，你难道不觉得必须要有某种科研评估方式吗？而且，其中肯定会涉及哪个较"好"或是"不好"的衡量？体系中也会出现数字式的评估？

新系统肯定不如现有体系。分数或许将会依据科研经费进行衡量。所以，如果我写了一篇关于西塞罗的论文，得到 50 万英镑的科研经费，而你的同样关于西塞罗的论文却没有任何经费拨款，那么实际上，我的论文就会比你的得分高。这就像是颁发艺术奖项仅仅依据艺术家创作的画作数量，却不看作品本身如何。

——SW. 福斯卡

我们在该体系下可能不太走运，因为该体系评判每个机构属于什么等级或许并无依据（所以并没有长篇书面报告），我们能够信任评审员的智慧吗？这就像是自由市场，我们做出选择，却不需要给出缘由。

首先，算出整个国家某个指定学科共有多少经费。给该专业每位教授和讲师一张名单，列出除其所在机构外所有的学术机构，让他们看到每所机构该专业的职工数量。问问每位教授或讲师，该学科的经费应该如何分配。然后计算给出结果的平均数。那么答案便来了。对那些较大的学术机构而言，无法将经费分配给自身，无疑是利益受损的，但是只要还有其他几个大学术部门存在，结果就不会太糟糕，而且如果情况确实如此，也可以做出相应调整。

我保留的意见是，无论是作为一项普遍原则，还是在如孔多赛陪审团定理（译者注：少数服从多数原则）这种精确的数字伪装下，群众的智慧只有在成员不受干扰，独立做出判断时才有效。我听过一个可恶的谣言，说学者会彼此沆瀣通气。在该评估中，这样做就会削弱他们判断的独立性。

——理查德·巴伦

关于科研评估，有很多客观公正的看法，但是认为科研评估迫使学者忙于发表任务肯定不合理。毕竟，递交科研评估材料的上限是4篇。肯定很少有学者——无论是英国还是别的国家——超过7年没发表够4篇文章！

——拉尔夫·韦奇伍德

所以，博识的学者肯定不会将苏格拉底聘请进他们学校，他们还会用几个不同的、相互矛盾的官僚观点来为自己的做法辩护。世界真奇怪。

——费瑟斯通豪

水下的罗马

2008 年 12 月 25 日

有时，我很难及时掌握关于罗马的新发现。我想这应该归咎于我一心关注庞贝，关注罗马人的笑话。但是今天令我感兴趣的几个发现却是多年前的——所以我那时肯定没有好好关注。

周二，圣诞前夕，丈夫的一位考古朋友过来吃饭，他告诉我们，科马基奥遇难船只的地点，离他平时住的地方不远。

意大利科马基奥，靠近费拉拉，是个小型版的威尼斯，建在 13 座小岛屿上，通过桥梁彼此连接。就我目前所知，在 20 世纪 80 年代末，古船的遗骸就在此城附近被找到，地点是曾经的古代沙滩。公元前 1 世纪，船只在那里搁浅，沙土逐渐将其完全覆盖掩埋。

让我好奇的是船上的东西。这些东西中不仅有寻常的货物：两耳细颈酒罐、陶器、黄杨原木、超过 100 个西班牙铅锭［许多都刻着阿格里帕（Agrippa）之名］，还有航海的琐碎细物（工具、衣服、拖鞋，等等）。除此之外，还有六小尊铅制便携神龛，形状像个小庙宇，此物我之前从未见过。有些神龛里放有墨丘利的小像，剩下的则放着维纳斯。

这些神龛是准备出售的吗？还是说这是从某地买来准备回去倒卖之物呢（或许有些商业投机的意味……某人发现它们在便宜出售，想着可以带回家倒卖以牟取利润）？这种想法比起认为这套神龛全都是船员的个人财产听起来更合理些。但无论是哪一种可能，这看起来都是个关于罗马人的重要发现，它展示了罗马人的私人信仰物件是什么样子的，同时也表明了罗马人对于宗教的热忱。或者，这些只是优雅的装饰，并没有多少积极的宗教内涵？

不管怎么说，我很快发现自己开始寻找更多关于罗马船只的讯息。

最近在比萨的古代河流港口，至少找到了16艘搁浅在那里的罗马船只（公元前2世纪到5世纪）。但我也错过了这些消息，尽管英国报纸上有过几条报道，我还是现在才知悉。

这些船上的货物也毫不逊色。有艘船似乎来自北非，甲板上有只雌狮，还有3匹马。一艘从南意大利而来，船上有桃子、樱桃、李子、核桃，装在二次利用的红色两耳细颈酒罐内（临时拼凑的酒罐瓶塞是用大理石雕塑碎片和维苏威火山熔岩制成）。船上甚至还有船员的骸骨：一位40岁左右男人的遗骸，边上有只狗的骸骨。

就此事，我的丈夫有一些内容可以补充，因为他刚从伊斯坦布尔回来并且目睹了拜占庭港口的挖掘行动。在那里，人们找到了30多只沉船，以及许多被认为是港口设施的物品——此外还有马匹的骸骨，想必是用来在干燥的陆地上运输货物的（酒特别多，从破碎的两耳细颈酒罐可以判断）。

无论如何，这都让我很欣喜，也让我从这最后一天本来应该做的事情当中解放出来。而现在，再等几个小时就该去取微波炉里的火鸡和填料了。

祝大家圣诞快乐。

评论

听到男性谈论"妻子（the wife）"（编者注：在英语文化中，the wife 较 my wife 显得不礼貌）就会让我很难受——看到你也改用"丈夫（the husband）"，这个感觉真好。

——大卫·莫尔克拉夫特

大卫·莫尔克拉夫特可能会饶有趣味地发现，我已经开始着手将整个英语文化中的"我的丈夫（my husband）"改成"丈夫（the husband）"。我决定从莎士比亚开始。那么，我们现在有，比如说，《错误的喜剧》中的"丈夫和奴隶都未归来"，还有《理查三世》中的"他现在已经成了丈夫"。我差点忘了还有《温莎的风流妇人》中的"他火冒三丈，揪住了丈夫"。看来这是项长期工程啊。

——迈克尔·布利

《一个剑桥教授的生活》——书本
2008 年 12 月 31 日

本篇博客是 2008 年年底最后一篇博客，也是我想和你们分享的一则消息（好吧——是坦白）。

很可能这些"一个剑桥教授的生活"博客会汇编在一起，变成一个传统的东西，也就是书，于明年秋季出版。你我可能一开始会有些紧张，不知道博客文体是否能在印刷之后受到欢迎。但是 Profile Books 出版团队让我相信答案是肯定的。或者说，此事至少值得一试。

如果你担心某些你喜欢的博客文章可能不会出现在此书中，那么请让我知道。

下一个问题是评论——因为我认为正是这些评论赋予博客特色。

我一直以来都觉得博客是一种对话。所以，我计划在书中放入一些评论以体现博客特色，但肯定不会放太多。

当你们在读此文时，我正在苏丹……练习阿拉伯语，看看女儿，逛逛喀土穆及周边古迹，庆祝我 50 多岁的生日。

博客汇编成书后，很快就会和大家见面。

评论

如果能被此书收录，我很高兴给出这样的评论，"比尔德教授很棒——我长大后想成为她那样的人——她的博客特别棒，她的书也特别酷。"

——多萝西·金

博客汇编成书，不过是让短暂之物变得永恒有价值的一个案例——只是一种出书方式而已。如果多萝西·金真的认为玛丽·比尔德在古典学方面成就巨大，那她应该会把比尔德的书放在首位。

——彼得·伍德

汇编成书后，会把所有的禁忌、惯语、黑话变成省略号吗？你可以把这看作公众健康问题。经常阅读这些博客的读者，知道要稍微咬紧牙关，能提前预测到血压上升，但是某个毫无戒心的人，因猎奇心理购买了此书，可能一看就发现了大量禁忌语以致内心无法承受。我已经听到救护车的警铃了。还是说书本会尊重历史的准确性和作者的喜好？我想不属于玛丽·比尔德刻意创造（创造的词）的错误会被纠正：比如，我注意到，之前有篇博客的评论将"老板们"写成了"老板的"。考虑到这些文字（是博客，而不是什么精心润色审校的文章）的来源，我想说出版社需要顶级的审核人员，这些审校人员会找出我们通常根本就不会在文段中找出的错误。高效的实践告诉我们，审校的工作不应该丢给作者，哪怕是观察敏锐的作者。因为他们虽然能发现他人作品中的错误，但却会找不出自己的问题所在。（你阅读的是自认为写出的文字而非真正写出的文字。）

——迈克尔·布利

［编者按：我们吸纳了迈克尔·布利的建议，考虑（即增加）了省略号。他之前有用以下的打油诗表达自己的观点：

"省略号"

玛丽·比尔德的"禁语"，

不为与"愠怒"押韵。

玛丽写的"行话"，

不是法语。只是惯语。］

我很好奇，想知道 Profile Books 出版社的什么观点减缓了你一开始对"propositum haud necessarium"①的紧张感。
——尼古拉斯·威贝利

博客汇编成书，听起来不错，就这么办吧！
——GI

我之前就预感到博客会汇编成书籍。评论收进书本的影响如何现在看来还挺有趣，不管是那些寡言含蓄型还是为博取关注而长篇大论型。但是，不管我们的评论是否被收录，应该都已有数千名读者阅读过我们的文字。或许最后，这会让我们收获名利。
——FG

---

① 原文是拉丁语，意即没必要的目标。

后记

刚开始,我并不喜欢写博客。但是经过三年的"博客"生涯,现在,博客已经变成我生活的一部分了。事实上,我无法想象离开博客的生活。

2006年年初,我和很多作者一样,被报纸和杂志找到(我个人是被《泰晤士报文学增刊》找到),邀请去他们新开的线上刊物发表博客。我们之间的合作,薪酬不高,每周我要发表两篇博客,主题包括我在剑桥大学的生活和古希腊罗马人的一切——但是书本、艺术、现代政治以及不时的怒骂之辞这些主题也能接受。

博客的名字叫"一个剑桥教授的生活",我写博客没多久就发现,我会被贴上标签,被视为"居心叵测颠覆人们对现代世界及古典世界看法的评论员"。三年过去,要是能摆脱那个"居心叵测的颠覆者"形象我会很开心。(形容自己是个"颠覆者"的人又怎会真是个颠覆者呢?而且,怎么会有人经年不变,一直是"颠覆者"呢?)但是恐怕我的标签已经贴上。这个形象常常成为别人介绍我的方式,不管是上课或是讲座,甚至在我讲解罗马历史这个严肃的主题时也会被这样介绍,尽管这与颠覆丝毫无关。

我在答应写博客之前,从未刻意读过博客——但是,这并未阻止我对博客这种体裁的文章产生学术偏见。我认为，博客过于即时，里面的思想太过空洞，篇幅通常也很短，对世界没有多大意义，乃是英国新闻评论业螺旋式下滑的又一体现。我也怀疑，博客之于文学，正如相机之于旅游。我担心，就像游客只顾拍照而忽视体验一样，我会在撰写博客中看尽一生。(《泰晤士报文学增刊》的编辑在我提出这个困惑时说我的顾虑不正确。博客是个好缘由，让我做一些自己原本不会去做的事情。)

那么，我究竟为什么会答应写博客呢？有两个简单的原因。首先，不管我是否是个颠覆者，我一般都会答应编辑的要求——或者，至少，我准备接受他们的建议进行一试。再者，我觉得自己可能会在几个月后放弃，然后写篇文章表示博客这东西多么可怕，并发表在美好的印刷媒体中。

但是几周的时间内，在我掌握了大部分技术问题的处理方法后（我必须承认，学贴照片花费了我很长时间），我真的享受其间。首先，我发现我对博客降低水准的看法是不正确的。在我真正开始写博客前，我不理解博客的"链接"有多么重要——以及为什么链接让博客具有明显优势，超越多数高档大报上颇具见地的文章。比如，想象一下，你想在报纸上提希腊女诗人萨福刚为人所知的一首小诗，提罗马皇帝奥古斯都的《奥古斯都神的功业记》(*Res Gestae*)（自传式解释其任期之事，该书因刻于安卡拉一座罗马庙宇的墙壁而得以留存）。但是很可能你无法这样做，因为只有少数读者明白你说的是什么，而且你没有足够的报纸版面向其他人做出解释。博客却不一样。你可以放上一条链接，不仅可以链接到背景信息，而且可以链接到整个拉丁语、希腊语或是英语文本，只要你愿意。博客根本不会降低新闻业水准，反而会提高新闻业的博弈能力。我第一次发现，我可以自由提及自己学术领域的各个方面，不用担心会让多数读者感到受排挤。借用萨拉·博克瑟（Sarah Boxer）在《纽约书评》（The New York Review of Books）中的一句话：给读者一条链接比给许多脚注好得多；这很像给读者戴上3D眼镜。

其次，我很快找到了，撰写博客的快乐之处，即让大家一睹内行人眼中学术生活的真实样貌——而且，更重要的是，可以驱散大家对我们长假的几个神秘猜测，驱散大家对我们研究主题无用论的猜测，驱散社会对我们（牛津或是剑桥尤其如此）招生方法的偏见。比如，我很欣慰能看到一些预科生读的是我对本学院招生面试的解释，而不是——或者说，至少两种角度都有耳闻——那些耸人的听闻，传闻我们会问一些荒唐的问题，阻碍公立学校的孩子进入大学。我也很满意能不时纠正几个古典学领域的错误。读到媒体大肆报道一系列不实之说时，每位古典学者都有感同身受的挫败感："埃及艳后克丽奥佩特拉并没有如此美艳——震惊！""罗慕路斯（Romulus）洞穴为人所发现！""尤利乌斯·恺撒的半身像从河里拖出！""苏格拉底或是同性恋。"不久我发现，博客是我可以用来回应这些谣言的地方，因为外界并不是经常能接收到我的信息。其实由于博客的即时性和即兴性，我的回应不仅没有被忽视，反而收获甚好，大有成效。这安抚了我的又一处担忧。

但是或许于我而言，最好的事是博客的交互性，这种交互性建立发展于我与评论者之间的互动。我在《泰晤士报》的线上网站发表"一个剑桥教授的生活"博客，该网站允许博主自由编辑、公开或是删除提交的评论。我起初就决定，除非真的必要，否则不会使用这项权力。我希望公开所有收到的评论，只要评论不会引起诉讼，不是伺机售卖商品，与主题相关并且没有对其他评论者进行人身攻击（对我进行人身攻击不包括在内），我就不会对之加以编辑修改。但是即使这样，我一开始对待评论还是很谨慎。我现在拜读了他人的博客，我观察到里面有直接攻击博主的粗话和狠话，似乎评论的主要乐趣便在于证明博主不仅观点错误，而且为人愚蠢。我想，这与电台节目中打进电话发表评论之人的说话方式颇为相似。

事实上，我看这种评论也需要耐力。写古典学话题的博客时，不时就会有人对此发表评论，字里行间流露出对我的鄙夷，赤裸裸地嘲讽我，想要纠正我的说法（通常都是错误的！）。有个人直接反驳我的某篇博客："作者是个傻子。"我有时候发现自己竟然在想："慢着，谁才是这里的古典学教授？"

但是大多数评论和非议均富有见地，精深又不失趣味，内容丰富，有时会令人感动，有时会多种语言并用甚至还会有诗歌。有证据显示（目前为止，我和许多评论的读者都见过面或是有过联系），评论者来自世界各地——不仅有来自英美的读者，还有中国、瑞典、印度、法国、德国（列举的只是其中一小部分国家）的读者。他们中有学者、博物馆馆长、学生、作家、教师、律师、记者、音乐家、退休税务员、健康专家、前内阁部长和（我强烈怀疑）我的几个犹抱琵琶半遮面的家人。网络通常被视为年轻人的媒介，但是恰与这一看法相反，这些评论者实际年龄大多与我相仿（差不多是50年代中期出生的人），甚至比我年长。确实，《泰晤士报文学增刊》博客不会让20岁以下人群一见倾心、爱不释手，但这种年龄问题并不让我感到担忧。

过去几年，网络上、印刷媒体上有各色文章，漫谈博客在政治和文化生活中的作用——从"巴格达博主"到"夜晚杰克"的侦探博客，前者在伊拉克战争期间，从前线发回抒发个人观点的博客，影响颇大；后者在博客中真实描绘英国执法前线的状况，因而获得了首个乔治·奥威尔博客奖。（像我所写的那般，尽管夜晚杰克的真实身份最近遭到《泰晤士报》公开，但其博客发展及未来事业走向两者仍然处于和谐状态。）博客改变了世界政治信息和政治抗议的形式和运动方式。

即使是在学者之间，博客也是个颇具争议性的话题。问题并非是单纯的发不发表博客，而是博客要写些什么，博客的内容应具有哪种程度的权威性？在学术领域，博客算是出版物吗？当怨怨的博士生正在谋求大学里的第一份职位时，将就业市场带来的羞辱发成博客真的明智吗？答案肯定非也。但是，从根本上来说，想要谋求学术职位的博士生应该去写博客吗？"伊万·特里布尔"（Ivan Tribble）是位美国学者，几年前匿名在《高等教育纪事报》（Chronicle of Higher Eduction）上写了篇文章，他就对此持反对意见。有3位年轻的应聘者想在他的大学谋求职位，他看过3位的博客，在博客中发现的内容却成为他们不被雇佣的重要原因（"……博客明显表示，博主所谓的生活热情不在学术，他们喜欢的是软件系统、服务器硬件等细碎的科技新物"）。我此刻应该说，虽然我在博客中并未一直支持学校的立场，虽然我的博客不时会引起公众不敢苟同的反应（见《身在庞贝，声闻国内》），但是却没有什么力量在试图阻止我畅所欲言。不过话说回来，剑桥大学是个依旧很看重学术自由的地方。

尽管大家着实关注这些问题，但是，对我而言这并非写博客最本质的乐趣。由于各种"追踪功能"，博主与印刷媒体与报纸和杂志的作者相比，会更了解谁阅读了自己的文章。也就是说，我虽然给报纸写过社论文章，但是我不知道成千上万个买了报纸的人有多少真正阅读了我的文章，或者说，有多少人读这篇文章在看完第一段后便放弃了。在博客中，我可以用谷歌分析这种智能服务业务，轻易获悉多少人点击了我的博客［我的文章访问量最高的是《10件你自认为知道的罗马史实……实则错误》，访问量为8万——数量很高，虽然在博客文章中该数量不算特别高，但是在某种程度上已经超过我所写过的任一博客文章的读者量了］。而且我也知道读者究竟是否读完了全文，因为谷歌分析中也记录了他们在网站上的浏览时长。我目前每篇博客的访问时长平均为两分半多，这（鉴于平均数中可能会包括一些误点进网页的人，他们的访问时长只有几秒）意味着，不少博客文都是被从头到尾读完的。

谷歌分析可以传递出更多信息，不仅仅是阅读量。好消息是，鉴于我讨厌监控文化（见《大学的老大哥》），分析并没有显示出每位读者的信息。但是数据中确实记录了他们访问博客的地点。读者群总体看来比评论者的地域来源更为丰富。2008年，我了解到他们来自世界上198个不同的国家和地区：超过半数读者确实均来自英美地区，但还有许多读者来自以色列、印度、南非、日本、巴西、新加坡、中国香港。名单往下走还有中国大陆、俄罗斯、阿根廷、阿联酋、爱沙尼亚、埃及、巴基斯坦、黎巴嫩、肯尼亚和尼泊尔——后面还有个位数的读者，来自巴布亚新几内亚、吉尔吉斯斯坦、萨尔瓦多、马尔维纳斯群岛、梵蒂冈、贝宁，有单个读者来自索马里、列支敦士登、美属萨摩亚（其中有人在网站中浏览超过10分钟）。

更令人好奇的是读者会在谷歌搜索框中输入什么信息找到"一个剑桥教授的生活"博客。可能该数据也包括一些令人失望的消息。我从未觉得，几百号人（10岁男孩？）在谷歌中输入"撒尿"，是希望能搜到我的博客《在金字塔撒尿》。而且，我强烈怀疑，每年输入"脾脏在哪？"的数百人可能刚刚从医生那儿回来（而且是与脾脏有关的就诊）。他们不可能会对我的《脾脏在哪？》博客感兴趣——博客实际上是关于古典专业本科生不能在地图中标记出雅典、斯巴达。

为什么要汇编成书呢？将博客汇编成书遭到了一些批评，托马斯·琼斯（Thomas Jones）曾经在《伦敦书评》（*London Review of Books*）抨击过这一行为。

他写道："书本和博客如果真的各司其职，便是两种不同的出版体裁。一方面，创作一本书要花费数月……而博主在网上却可随意发表未经编辑的文章，从想法进入脑海到发表以飨读者只需要短短几分钟。博客是非线性的，博客总是没结尾，是开放性的。博客可以无限添加内容，进行重写、删减、评论。另一方面，博客有很多超链接，就像是许多分岔路口，将读者领入博客的世界以及更广大的互联网世界。听起来可能像是个噩梦，但这只是互联网不会替代书本的众多原因之一。"

他之后将博文集描述成"年度最无意义书籍的有力竞争者"。

观点还是有一定道理的，书本和博客肯定非常不同。以书本形式呈现的《一个剑桥教授的生活》会与博客"一个剑桥教授的生活"有相似之处，但却不尽相同。汇编博客肯定会有所删减——尤其是博客文字后面的一系列超链接（事实上，那些特别依赖"超链接"的博客并未选进书中）。但是我相信，这样做是有好处的——尤其是以书本这样实体物的性质出现时。你可以随意翻阅书本，从一篇博客跳到另一篇博客，来回翻阅。书本也方便易携。我知道没人会在地铁、床上、如厕期间用电脑。

所以，我们将博客汇编成《一个剑桥教授的生活》一书，以供大家在上班路上和睡前——或在家中最小的那个房间里阅读。

出版后记

自 2006 年起，英国剑桥大学著名古典学教授玛丽·比尔德开始写作博客。每周，她都会根据自己的兴趣及所见所感发表文章，随心所欲地对各种事宜进行评论，并与读者互动。本书就是她博客文章的选集。

如爱因斯坦所说，"我要知道的是思想，其他都是细节"。但细节与思想是绝不矛盾的。许多思想正是从细微之处迸发出来的。比尔德即是这么做的，她能从"野蛮人"一词的溯源中看到西方殖民主义制造的废墟，从彭透斯看到乔治·布什的悲剧，她亦能就"罗马人长袍里的穿着"这一问题来阐释大学面试的用意所在，她还从舞台剧的布景看出提图斯台上台下的两张面孔。

在比尔德的思想世界中，历史绝非区分于现实的孤立时空。读者在她的文字中每时每刻都能感受到内在的完整性和自恰性。总之，这是一本了解剑桥古典学教授风采的好书，虽然有些文章到今日已有时过境迁之感，但其传递出来的人文主义精神、分析问题的方法论仍然价值不减。

服务热线：133-6631-2326　188-1142-1266
读者信箱：reader@hinabook.com

后浪出版公司
2020年4月

图书在版编目（CIP）数据

一个剑桥教授的生活. 1 / (英) 玛丽·比尔德著；周芸译. —— 贵阳：贵州人民出版社，2020.7

ISBN 978-7-221-16001-0

Ⅰ.①一… Ⅱ.①玛… ②周… Ⅲ.①博客—随笔—作品集—英国—现代 Ⅳ.①I561.65

中国版本图书馆CIP数据核字(2020)第082084号

著作权合同登记图字：22-2020-050号

Copyright © Mary Beard, 2009
First published in Great Britain in 2009 by PROFILE BOOKS LTD, London
This simplified Chinese edition published by Ginkgo(Beijing) Book Co., Ltd. 2020

本书简体版权归属于银杏树下（北京）图书有限责任公司。

一个剑桥教授的生活1
YI GE JIAN QIAO JIAO SHOU DE SHENG HUO 1

[英] 玛丽·比尔德 著　周芸 译

出版人：王　旭	
选题策划：后浪出版公司	
出版统筹：吴兴元	责任编辑：黄　冰
特约编辑：王　敏	装帧制造：墨白空间·张　萌
出版发行：贵州出版集团　贵州人民出版社	
地　　址：贵阳市观山湖区会展东路SOHO办公区A座	
印　　刷：北京天宇万达印刷有限公司	
版　　次：2020年7月第1版	
印　　次：2020年7月第1次印刷	
印　　数：6000册	
开　　本：889毫米×1194毫米 1/32	
印　　张：8	
字　　数：125千字	
书　　号：ISBN 978-7-221-16001-0	
定　　价：36.00元	

官方微博：@后浪图书
投稿服务：onebook@hinabook.com 133-6631-2326
读者服务：reader@hinabook.com 188-1142-1266
直销服务：buy@hinabook.com 133-6657-3072

后浪出版咨询（北京）有限责任公司　常年法律顾问：北京大成律师事务所　周天晖　copyright@hinabook.com
未经许可，不得以任何方式复制或抄袭本书部分或全部内容
版权所有，侵权必究

本书若有质量问题，请与本公司图书销售中心联系调换。电话：010-64010019